Der Richter aus dem Schattenreich

Fletchers erster Fall

Rudolf Otto Schaefer

2. Auflage

Printausgabe ISBN: 978-1499172522

Autor

Rudolf Otto Schaefer

Hemmerder Dorfstr. 71a

59427 Unna

02308 - 3899997

facebook: Rudolf Otto Schäfer

email: muntanerschaefer@web.de

Coverdesign: Andrea Muntaner Alomar-Schäfer

Illustrationen: Anca Flowbi

facebook: Fantasia Art by Anca Flowbi (Tamara Wolf)

DER RICHTER AUS DEM SCHATTENREICH

1

Eine kleine Ortschaft in England:

Lincolnshire, Juli 1757

(256 Jahre früher)

Es war kein Wetter, um noch einen netten Abendspaziergang zu machen, denn der Wind zerrte an den Bäumen und Sträuchern und die Bauern hatten ihr armseliges Vieh schon lange in den Ställen untergebracht. Untypisch für den Monat, hatte es noch einmal einen Kälteeinbruch gegeben und so waren um diese Uhrzeit, die meisten Leute in ihren kleinen, windschiefen Häusern, und wärmten sich so gut es gerade ging. Ganz am Rande der kleinen Gemeinde lag der Friedhof. Eng beieinander standen verwitterte

Grabsteine und man hörte den durchdringenden Ruf eines Kauzes. Die Atmosphäre war unwirtlich und gruselig zugleich, aber trotzdem stand bei einem besonders großen Grabstein - der durch eine mächtige Eiche beschützt wurde, eine Person und suchte dort ein wenig Schutz vor den Widrigkeiten der Natur.

Den Mantelkragen hochgestellt und beide Hände tief in den Taschen, schien er dort auf etwas, oder jemanden zu warten. Schon nach kurzer Zeit, gesellte sich ein anderer Schatten zu der wartenden Person und beide begrüßten sich.

„Mensch Joseph, du musst einen verdammt guten Grund haben, um mich heute bei diesem miesen Dreckswetter hierher zu bitten. Meine Alte zu Hause dreht grad` richtig durch, denn sie denkt, ich hätte hier irgendwo ein Liebchen sitzen, oder warum sollte ich um diese Uhrzeit noch rausgehen?“ Er sah den anderen Mann ärgerlich an: „Verdammt, was ist denn los?“

„Erst mal dank ich dir, dass du gekommen bist, Schmied. Und ja, ich habe einen verdammt guten Grund dich jetzt und hier zu sprechen, denn ich weiß sonst niemanden, dem ich vertrauen könnte. Du bist der Einzige, der noch ein wenig Mumm in den Knochen hat und der mir helfen könnte“, sagte Joseph.

„Herzlichen Dank, aber erzähl bitte schnell, denn ich friere mir hier Teile ab, die ich heute Abend bei meiner

Frau noch gut gebrauchen könnte“, erwiderte der Schmied grimmig.

„Ja also pass auf, mein Freund: Wie wir ja alle wissen und zu spüren bekommen, hat unser „ach so guter“ Richter es sich offenbar in den Kopf gesetzt, unsere kleine Gemeinde immer mehr zu reduzieren.“ Der Mann, der als Schmied in dieser kleinen Gemeinde tätig war, fuhr hastig mit seinem Kopf hin und her und suchte das Gelände ab, bevor er antwortete. „Mensch Joseph, bist du verrückt? Du weißt ganz genau was passiert, wenn man über ihn schlecht spricht, oder? Hast` nicht mitbekommen, was mit dem armen Bäcker und seiner Familie geschehen ist oder dem alten Jack, der immer sein Gemüse auf dem Markt verkaufte? Die haben sich auch nur einmal schlecht über ihn geäußert und zack hatte er sie am Wickel.“

„Ja, ich weiß, und gerade deshalb oder gerade deswegen muss man ihm das Handwerk legen, denn wer weiß schon, wer als Nächster dran ist?“

„Du Joseph, ich will mit all dem nichts zu tun haben. Und wenn dir deine Gesundheit nur ein wenig lieb und teuer ist, dann hältst du einfach die Klappe und duckst dich, dann wird dir auch nichts passieren.“

„Nein Schmied, ich habe lange überlegt. Einer muss jetzt etwas tun, bevor es zu spät ist!“ Josephs Miene verhärtete sich. Er hatte seinen Entschluss gefasst, und würde sich durch niemanden aufhalten lassen.

„Und hast du dir auch überlegt, was du machen willst? Du weißt doch, er hat seine Spitzel und Handlanger. Gegen die kommst du nicht an."

„Ja, aber ich habe etwas über ihn herausgefunden, und wenn man das an die Öffentlichkeit bringt oder an die Ohren der richtigen Leute, dann ist er geliefert und muss seine eigene, üble Medizin schlucken!"

Der Schmied hob fragend eine Augenbraue. „Aha. Du machst mich neugierig. Was sollte das denn sein, was ihm solche Schwierigkeiten bereiten könnte?"

Beide Männer betrachteten sich einen Moment gespannt gegenseitig.

Joseph sah sich noch einmal nach allen Seiten um, bevor er fortfuhr: „Du musst mir erst garantieren, dass du darüber absolutes Stillschweigen bewahrst. Ich werde dich nur in meine Pläne einweihen, wenn du mir auf alles, was dir heilig ist, schwörst."

Er legte beide Hände auf die starken Schultern des Schmieds und drückte kraftvoll zu. „Schon gut Joseph, aber jetzt spuck` es aus!"

Joseph zog scharf die Luft durch seine Zähne und flüsterte: „Er schändet Leichen! Ich hab`s mit eigenen

Augen gesehen. Vor ein paar Tagen half ich Matthew bei der Arbeit auf seinem Feld. Anschließend tranken wir noch eine Flasche Wein als Dank für meine Hilfe. Wir schwatzten und vergaßen die Zeit. Erst tief in der Nacht, habe ich mich deswegen auf den Heimweg gemacht und die Abkürzung über den Friedhof genommen. Da habe ich es gesehen: Die dreckigen Handlanger des Richters gruben die frische Leiche vom Bäcker wieder aus. Sie rissen derbe Witze über den Toten und redeten darüber, wie viel Geld sie dafür vom Richter bekommen würden. Und ich sag` dir: Das haben die beiden nicht zum ersten Mal gemacht! Außerdem erzählten sie angewidert, dass der Richter zuhause irgendwelche Rituale mit den Leichen abhält!" Joseph stockte. Bei dem Gedanken an die Nacht fröstelte es ihn und er schlug seinen Mantelkragen etwas enger um seinen Hals. „Das dem Richter ein Menschenleben nichts Wert ist, wussten wir ja schon lange, aber solch eine abscheuliche Tat, hätte selbst ich ihm nicht zugetraut!"

„Mein Gott Joseph, wenn das den Tatsachen entspricht, dann ist er ein Hexer! Wenn man das dem Grafen meldet, dann ist er wahrlich reif. Er wird wohl auf den Stuhl gesetzt und im Wasser gebadet, bis er in seinem vermaledeiten Leib keinen Funken Leben mehr hat."

„Ja genau, und deshalb brauche ich dich, mein Freund. Denn wenn ich jetzt einfach so verschwinden würde und mein Feld ohne Aufsicht ließe, dann würde er oder einer seiner Spießgesellen, vielleicht Lunte riechen. Ich habe vor, mich morgen auf den Weg zur Grafschaft zu machen und dem Grafen davon zu berichten.

Ich möchte, dass du in meiner Abwesenheit bei mir vorbei schaust und abends das Licht in meiner Kammer anzündest, den Kamin gut durchheizt, sodass ich allem Anschein nach zu Hause bin. Dann erzählst du ganz nebenbei im Wirtshaus, dass ich mir einen schlimmen Husten eingefangen habe und momentan das Bett hüte. Das wird die Leute überzeugen, dass alles beim Alten ist und der Richter wird nicht auf dumme Gedanken kommen, wenn man mich nicht auf meinen Feldern sieht."

Trotz der kalten Luft und des Regens, der mittlerweile eingesetzt hatte, waren die Gesichter der beiden Männer heiß vor Aufregung.

„Ich hoffe, du hast dir das alles gut überlegt, Joseph! Sollte dir der Richter auf die Schliche kommen - oder der Graf dir nicht glauben, dann ist dein Leben verwirkt. Ich hoffe, das ist dir klar."

Joseph nickte. „Ja, ich weiß, aber ich kann nicht länger zusehen wie dieser Unmensch unsere Freunde - nur so zum Spaß - oder weil er eben frische Tote braucht, dahinmetzelt! Verstehst du, Schmied? Ich muss es einfach versuchen und seinem Treiben ein Ende bereiten."

„Ich verstehe dich Joseph. Und so wie du dich anhörst, werde ich es dir leider auch nicht ausreden können. Deshalb werde ich dir helfen. Du kannst dich auf mich verlassen, mein Freund." Beide Männer schüttelten sich die schwieligen Hände.

„Wann willst du los?"

„Morgen Abend, wenn ich alles vorbereitet habe. Wenn alle schlafen, werde ich aufbrechen. Mit etwas Glück - und vielleicht besserem Wetter, könnte ich die Wegstrecke in drei Tagen schaffen."

„In Ordnung. Bereite du alles vor, und ich komme morgen noch einmal bei dir vorbei. Ich werde so tun, als würde ich nur ein paar Reparaturen an deinem Haus durchführen. So wird keiner misstrauisch werden."

„Danke, mein Freund. Und nun lass uns nach Hause gehen. Ein paar Stunden Schlaf werden uns guttun, denn die nächsten Tage werden anstrengend genug. Wir sehen uns dann morgen."

Die beiden Männer gaben sich noch einmal fest die Hand und eilten dann in entgegengesetzte Richtungen zu ihren Häusern.

Die Schergen des Richters griffen Joseph zwei Tage später auf der Landstraße auf.

Noch an Ort und Stelle schnitten sie ihm – auf Anweisung des Richters -, die Zunge aus dem Mund.

Dann schleppten sie ihn - angebunden an ihre Pferde, zurück in die Ortschaft, wo der Richter schon auf ihn wartete. Man stellte ihn an den Pranger, der auf dem Marktplatz aufgestellt worden war. Ein Folterknecht schnitt ihm beide Ohren ab und gab ihn so verunstaltet, der johlenden Menge preis. Selbst Leute, die ihn gut kannten, bewarfen seinen geschändeten Körper mit allerlei verfaultem Obst oder klaubten den Kot der Tiere auf, um ihm die übel riechende Masse ins Gesicht zu schmieren.

Kaum einer tat das, weil sie dem Richter glaubten, dass Joseph schwarz-magische Handlungen durchgeführt hätte, sondern weil sie Angst davor hatten, selber ins Augenmerk des Richters zu gelangen.

Nach zwei Tagen wurde Joseph aus dem Pranger befreit. Nicht aber, um sein Leben zu schonen, sondern um ihn weiter zu malträtieren: Vor versammelter Dorfgemeinschaft wurde er auf einen Tisch geschnallt.

Man schnitt ihm bei lebendigem Leibe den Bauch auf, riss die Eingeweide heraus und verbrannte sie dann.

Lähmende Stille umgab den ganzen Dorfplatz; nur die Schreie des Bauern waren zu hören. Trotz seiner unglaublicher Qualen lebte Joseph noch!

Über diesem wahrhaft schrecklichen Szenario thronte der Richter. Mit strenger Miene und ohne Anzeichen einer Gemütsregung, befahl er, Joseph die große Gnade angedeihen zu lassen, ihn von seinen weltlichen Schmerzen zu befreien: Man köpfte ihn und steckte seinen Schädel auf einen Spieß, als Abschreckung all derer, die gegen die Regeln verstoßen würden.

Keiner der Dorfbewohner hatte von diesem Zeitpunkt an mehr den Mut, dem Richter die Stirn zu bieten. Von nun an konnte er weiter ungestört seinen Machenschaften nachgehen.

Der Schmied indessen saß auf der Bank und schaute auf das Land von Joseph, welches nun ihm gehörte, da der Richter ihm dieses für seine Dienste überlassen hatte.

„Ich hatte dich gewarnt mein Freund. Niemand legt sich mit dem Richter an!“, sagte der Schmied und seufzte.

Er stand auf und ging ins Haus. Schwer schlug die Tür hinter ihm zu und Dunkelheit legte sich über das Land.

2

Die gleiche Ortschaft in Lincolnshire, Mai 2013:

Der Anfang ist immer das Schwerste ...

... sagte ich mir und stellte den Umzugskarton neben mir ab. Das war nun die letzte Fahrt gewesen, mit denen ich meine Habseligkeiten zu meinem neuen Domizil gebracht hatte. Na ja, viel war mir nach der Trennung von meiner Frau eh nicht geblieben, aber selbst diese Anstrengung hatte mir alles abverlangt. Schwitzend und leicht zitternd fischte ich meine neuen Hausschlüssel aus der Jeans. Den Karton wieder unter den Arm geklemmt schloss ich die Wohnungstür auf. Mein kleines Reich lag im zweiten Stockwerk eines alten Hauses, genau zwischen zwei anderen Wohnungen im Eck. Linker

Hand sollte ein älterer schon leicht verwirrter Mann alleine leben und zur Rechten ein etwas jüngerer, der auch solo unterwegs war. Beide hatte ich noch nicht zu Gesicht bekommen, aber momentan war mir eh nicht nach leeren Gesprächen. Die hatte ich in den letzten Wochen schon zur Genüge gehabt. Nach einer fast zehnjährigen Beziehung hatte meine Liebe festgestellt, dass sie sich an meiner Seite zu sehr langweilte und deshalb beschlossen sich mit ihrem neuen Bekannten - der natürlich nicht der Trennungsgrund war -, ein neues und besseres Leben aufzubauen. Nach viel Herzschmerz (meinerseits) und Verausgabung meiner Nerven, hatte ich einfach ermattet aufgegeben und ihr viel Erfolg gewünscht. Natürlich nagte das alles an mir und ich stellte mir mit fast vierzig Jahren schon die Frage, was das nun alles sollte und wie es weiter gehen wird. Aber ich hatte sowieso keine andere Wahl. Nachdem meine liebe Verflossene in meiner Abwesenheit beschloss, ihren Umzug mal eben schnell alleine durchzuführen - und sich dabei fast den gesamten Wohnungsstand aneignete, stand ich nun mit zehn Kartons, zwei Stühlen, einem alten wackligen Tisch und einem fünfzehn Jahren alten Audi vor meinem Neubeginn. *Juhu!*

Ich ließ den letzten Karton einfach aus dem Arm rutschen, worauf dieser sich leicht scheppernd noch mal zu Wort meldete. Es war mittlerweile schon Abend geworden, und obwohl ich so gut wie nichts gegessen hatte, fehlte mir einfach der Appetit. Ich beschloss, dass ich heute nur noch das Klingelschild fertigmachen, und mich dann mit einer angebrochenen Flasche Rotwein, sowie meinen letzten fünf Zigaretten in mein gebraucht erstandenes, wunderbares, uraltes und knarrendes Bett begeben würde.

Ich riss nun also ein Stück von meinem mitgebrachten Druckerpapier ab, brachte es in Form und schrieb meinen Namen darauf. Schnell wieder runter zur Haustür und mit wenigen Handgriffen steckte der neue Mieter ordnungsgemäß unter Plastik. Mit schief gelegtem Kopf betrachtete ich mein Werk. „Nun ja Mr. Fletcher, da wird der Anwalt ihrer Ex jetzt leichtes Spiel haben. Einer seiner lustigen Briefe wird sicherlich sein Ziel finden.

Ich grinste, eher vor Erschöpfung als vor Freude, und wusste schon jetzt, dass das Öffnen des Briefkastens in der nächsten Zeit - zumindest gefühlstechnisch - dem Betreten eines Geschworenengerichts gleichkam.

Als ich vor der Tür stand und die warme Abendluft in meine Lungen sog, blitzten meine Lebensgeister wieder auf und kurz entschlossen, schlurfte ich ein paar Schritte Richtung Dorfmitte. *Ein richtiges Kuhkaff* hatten wir immer zu diesem Örtchen gesagt. Während ich so dahin schlenderte, kamen mir die gesamten letzten Jahre in den Sinn.

Die letzten Jahre, meines ach so schönen Lebens, hatte ich in Skegness verbracht. Das war ganz angenehm für einen Jungen vom Lande, denn aufgewachsen war ich in East Dean, mitten in der Pampa. Dort war ich, nachdem mein Vater schon früh verstorben war, in eine Lehre als Kaufmann gegangen. Mehr zum Vergnügen meiner Mutter, als für mich. Ich wollte eigentlich Archäologe werden, um die Welt reisen und Abenteuer bestehen. Aber daraus wurde in den nächsten zehn Jahren nichts, denn einmal eingespannt in die Mühlen, kommt man nur mühsam wieder raus. Ich schaffte es trotzdem und trotz schüttelnder Köpfe und verständnislosen Blicken, packte ich meine sieben Sachen zusammen und entschwand nach Purbeck, um mir ein neues Leben aufzubauen.

Nun folgten drei furchtbar ereignislose Jahre, denn außer Bauernhöfen und Kneipen, gab es dort nicht viel. Ich schleppte mich mit öden Jobs und leerer Geldbörse durchs Leben. Zu Hause meldete ich mich in dieser Zeit kaum, denn ich konnte die guten Ratschläge meiner Mutter und die der Freunde nicht mehr hören. Vor allem, der nicht ausgesprochene, doch bestimmt oft gedachte Satz: „Ich hab es dir doch gesagt!“

Das Beste, was mir in der Zeit dort passierte war, dass ich während eines Dorffestes auf Molly traf: braunes, schulterlanges Haar, und ein Blitzen in den Augen, bei dem es einem Mann unterhalb der Gürtelschnalle ganz kribbelig wird. Wir kamen schnell ins Gespräch und ich erfuhr, dass sie nach einem Kurztrip in Purbeck wieder auf dem Weg nach Hause war.

Wir hatten beide schon einiges getrunken, und so landeten wir bei mir zu Hause im Bett. Eine schöne Nacht - nach einer langen trostlosen Zeit - und so kam es wohl auch, dass ich, ohne lange nachzudenken, mit ihr nach Skegness fuhr.

Drei Wochen später zog ich bei ihr ein. Jetzt werden viele sagen: „So etwas macht man ja auch nicht, das muss ja in die Hosen gehen.“ Aber ich fand, wir hatten schöne zehn Jahre, und wenn dieser Schönling namens Riley, nicht gerade in dem Moment unseres - bis dahin - größten Streits aufgetaucht wäre, wer weiß, wir wären wohl immer noch zusammen. Aber verdammt, vielleicht war es besser so. Ich konnte ihr Genörgel in den letzten Monaten schon lange nicht mehr hören: „ … Fletcher tu doch mal dieses, Fletcher tu doch mal das ... ach nee, hab jetzt keine Lust auf Kuscheln ... nee, weiß auch nicht, bin zu müde usw., usw. Die Verliebtheit war nicht mehr vorhanden und da wo jetzt Liebe vorherrschen sollte, war nur noch Routine.

Hm. Ich stand kurz still, klopfte mir eine Zigarette aus dem Päckchen und steckte sie mir an. Erst jetzt sah ich, dass ich auf einem Feldweg stand, kratzte mich am Kopf, schaute hin und her und überlegte. „Mal schauen ob ich´s wieder nach Hause schaffe“, murmelte ich und ging in die Richtung, von der ich dachte, dass es wahrscheinlich der Weg zurück war.

Es wurde nun schon leicht dämmerig und von den Feldern stieg der Nebel hoch. Die Luft wurde ein wenig feuchter, aber es war immer noch sehr angenehm. Vögel sangen in den Ästen, hier und da sah ich Kaninchen auf den Äckern. So was hatte ich schon seit Langem nicht mehr gesehen und ich freute mich über die Natur, in der auch ich aufgewachsen war.

Das einzig Blöde war, dass sich mein Tinnitus, den ich seit geraumer Zeit mit mir rumschleppte, wieder bemerkbar machte. Ein nerviges Fiepen, das meist immer dann kam, wenn man es gar nicht gebrauchen konnte. Ich schmiss die halb angerauchte Zigarette vor mir auf den Weg und im Vorbeigehen quetschte ich sie mit meinen Hacken aus. Selbst die Dinger schmeckten dann nicht mehr und ich bohrte mit dem kleinen Finger in meinen Ohren, obwohl ich wusste, dass es rein gar nichts brachte. „Verdammt!“ Wie mir mal jemand gesagt hatte, bekam man so eine Erkrankung oft von zu viel Stress. Ja klar, das alles war in letzter Zeit schon nervig und anstrengend gewesen, aber deshalb gleich so `n Nervenwrack zu werden, darauf hatte ich absolut keine Lust. Morgen früh würde ich erst mal einen Arzt aufsuchen. Mit der richtigen Tablette würd` sich das alles bestimmt bald geben.

„N` Abend“.

„Äh, n` Abend“. Ich war so in Gedanken versunken, dass ich den abendlichen Wanderer gar nicht bemerkt hatte. Ich blieb kurz stehen und schaute ihm nach: ein circa fünfundzwanzig-jähriger Mann mit kurzem, blonden Haar. Blaue Jacke, Jeans.

Hm, lautlos auf seinen Turnschuhen. Aber jetzt, wo ich mal so richtig schaute, sah ich, dass der Junge gar keine modernen Sneakers trug, auch keine Halbschuhe oder Stiefel, sondern ... gar nichts! Blanke Füße! Wo gibt’s denn so was? Na ja, es war schon recht warm heute, aber für Anfang Mai eindeutig nicht passend. Wenn das Mal keinen Schnupfen gibt, dachte ich noch und latschte weiter nach Hause.

Dort angekommen war ich erst mal froh, dass das Fiepen in meinen Ohren verschwunden war. Ich zog meine Schuhe aus und schob sie mit dem Fuß an die Wand. Still war´s hier im Zimmer - verdammt still - und ich kramte aus einem meiner Kartons einen alten Radiowecker raus. Ich platzierte ihn einfach neben meinem Bett auf dem Boden und stellte den Ortssender ein, um mich mit ein bisschen Musik in den Schlaf wiegen zu lassen. Dann trank ich noch ein Glas von dem „Roten“, aber er lockte nur eine Gänsehaut auf den Armen hervor, so bitter und trocken war der Mist. Angewidert steckte ich die Flasche in den Mülleimer. Meine Augen brannten und ich konnte mir grad` noch den Pulli und die Hose vom Leib reißen, bevor ich in mein Schlafnest fiel. Die Decke bis über die Ohren gezogen, schnaufte ich noch mal ins Dunkel. Durch meine müden, brennenden Augen sah ich noch - kurz bevor ich richtig einschlief, den Jungen von vorhin aus der Zimmerecke treten und mit schiefem Lächeln und zwei Fingern zum Gruß vor der Stirn sagen: „Livingston, wenn ich mich nicht irre?“

Grinsend, so als wenn das der schönste Traum wäre, schlief ich auch schon ein.

3

Es war eine verdammt unruhige Nacht gewesen, in der ich schwitzend aufwachte, mir den Schweiß aus dem Nacken und von meiner Brust wischte, um dann erneut in einen quälenden Traum zu sinken, in dem ich mich zahlreichen Verfolgern stellen musste und über Häuser und Dächer immer wieder entwischte. Dieser Traum nahm einfach kein Ende, und als ich dann früh am Morgen wie gerädert aufwachte, hatte ich das Gefühl, ich wäre kaputter, als vorm zu Bett gehen.

Ich schwang also meine Beine mühevoll aus dem quietschenden Bett und kratzte mich am Hinterkopf, rieb über meine leicht angeschwollenen Augen und hatte das Gefühl ich müsste mich übergeben.

„Toller Morgen, aber echt!“, murmelte ich mir selber in meinen Kratzebart und stemmte mich leicht wackelig hoch. Das Teil musste dringendst gegen ein neues Bett ausgetauscht werden, schwor ich mir und drückte meinen schmerzenden Rücken durch.

„Mann, was war ich mittlerweile für ein Wrack geworden!“, dachte ich. Früher hatte ich regelmäßig Sport getrieben und war bis auf eine leichte chronische

Bronchitis immer recht fit gewesen. Nun fühlte ich mich wie sechzig und durfte gar nicht daran denken, wie ich mich tatsächlich mit sechzig fühlen würde.

Na ja, ich würde das alles ab jetzt ändern.

Spätestens morgen!

Allerspätestens übermorgen! Aber, auf jeden Fall nächste Woche! Dann würde ich mit Sport anfangen und meinen Körper auf die Stufe eines fünfundzwanzigjährigen zurückbringen.

Als Erstes stellte ich, wie jeden Morgen, die Kaffeemaschine an, um mir eine schöne heiße Tasse davon zu gönnen. Mittlerweile bekam ich immer Kopfschmerzen, wenn ich mich nicht regelmäßig mit diesem Koffein-Trunk dopte.

Ich steckte mir eine Fluppe zwischen die Lippen, zog begierig das Nikotin in meine Lungenflügel und betrachtete dabei die leicht dampfende, prustende Kaffeemaschine.

Ich starrte wie benommen auf die Maschine und wurde erst durch das Stinken des angebrannten Zigarettenfilters aufgeschreckt. Ich musste tatsächlich fast drei Minuten einfach so vor mich hingestarrt haben, ohne zu wissen, was ich gedacht hatte. Oh mein Gott, bekam ich jetzt Depressionen, oder was war mit mir los?

Ich drückte das stinkende und qualmende Überbleibsel meines Räucherstäbchens in den Aschenbecher, schüttete mir den Kaffee in einen Becher und schlurfte in das Badezimmer.

„Brr, eiskalt! Verdammte Hacke“, murmelte ich schlotternd.

Obwohl es draußen frühlingshafte Temperaturen hatte und es auch im anderen Zimmer muckelig, ja fast schon stickig war, hatte ich das Gefühl eine Schlittschuhbahn zu betreten.

Ich stellte den Kaffeebecher auf die Fensterbank und schaute mich um. Fenster verschlossen. Ich fuhr mit der Hand am Dichtungsband entlang, um zu überprüfen, ob da irgendwo Durchzug war, konnte aber nichts dergleichen feststellen.

Ich schaute mir den Raum genauestens an. Da er nicht sehr groß war, ging das furchtbar schnell. Eine Dusche, die Toilette, Waschbecken, nervige kleine bunte Bodenfliesen und ein wahrscheinlich zwanzig Jahre alter Spiegelschrank. Den Typen darin kannte ich auch nun schon über vierzig Jahre. Ich streckte ihm erst mal ungehörig die Zunge raus und zeigte mit meinem Mittelfinger, was ich momentan von ihm hielt. Er schaute nur dösig zurück und tippte sich an seine runzelige hohe Stirn. „Selber Arschloch!“, sagte er mir.

Ich konnte beim besten Willen nicht erkennen, wovon der Temperaturunterschied hervorgerufen wurde. Ich stellte also achselzuckend den kleinen Heizkörper auf volle Lotte und wartete mit meinem Kaffeebecher in der Hand darauf, dass es ein wenig wärmer wurde und ich nicht befürchten musste, beim Duschen meine Geschlechtsorgane zu verlieren, oder mir eine Rotznase einzuhandeln.

Nach geraumer Zeit und dem letzten Schluck aus meinem Kaffeebecher stellte ich die Dusche an und wartete, bis der Strahl angenehm warm über meine Hand perlte. Es war eine wahre Wohltat das warme Wasser an mir herunterlaufen zu fühlen. Ich schloss die Augen und merkte, wie ich mich immer mehr entspannte. Ich griff mir mit einer Hand das Duschgel für wahre Männer und seifte mich großzügig von oben bis unten ein. „Verdammt und zugenäht“, warum mussten die für Männer immer Duschgel mit Menthol herstellen? Am liebsten würde ich mal so einem Hersteller ne´ ganze Pulle von dem Zeug in den Hosenbund kippen und während sein „Lümmelchen“ wie eine heiß gerauchte Havanna glüht und pulsiert, fragen: “Na? Bemerken sie schon die angenehme Frische von Limonen? Können sie es fühlen, wie attraktiv und begehrenswert sie nun für alle Frauen auf dieser Welt sind?“

Viel anfangen könnte er mit diesen Frauen momentan sowieso nicht, denn es würde wenigstens zwei Tage dauern, bis er ohne Schmerzen wieder pissen könnte. Ich schubberte mir also mit viel Wasser das Zeug aus dem unteren Bereich und musste mit Bedauern feststellen, dass sich nun auch wieder dieses miese Fiepen in meinen Ohren einstellte.

„Ach Scheiße“, entfuhr es mir. „Ich darf mich einfach nicht so aufregen“, sagte ich zu mir und versuchte nochmals dieses Wohlgefühl - wie am Anfang meiner Duschsession, herzustellen.

Ich atmete also mehrfach tief und ruhig in meinen Bauch und schloss die Augen. Als ich sie wieder öffnete und die beschlagene Duschwand anstarrte, bemerkte ich im rechten Bereich des Raumes einen diffusen Farbklecks. Es sah fast so aus, als würde jemand im Raum stehen und mich beobachten. Mein Herzschlag schoss nach oben und ich starrte mit zusammengekniffenen Augen weiter dort hin. Da an der Stelle ... war eigentlich gar nichts. Ich zog also langsam die Duschwand auf, steckte meinen Kopf hervor und sah ... *Ach du Scheiße ... den Jungen!*

„Hallo“, sagte der Junge, den ich gestern während meines kurzen Spaziergangs gesehen hatte. Er stand vor mir, in den gleichen Klamotten wie gestern und immer noch nackten Füssen, hob grinsend eine Hand zum Gruß, und meinte: „Brauchst keinen Bammel haben, Fletcher! Es ist alles in bester Ordnung!“

Laut aufschreiend jagte ich aus dem Bad und haute mir im Rauslaufen den großen Zeh an der Tür. Schlitternd, und schwer atmend, kam ich in meinem Wohnraum zum Stehen. Mit einer Hand fischte ich mir die Unterhose vom Bett und behielt dabei die Tür im Auge.

Ich schrie so Sachen wie: „Bleiben Sie, wo Sie sind ... ich bin bewaffnet!“, und betrachtete dabei die leicht muffige Socke vom Vortag in meiner rechten Hand. Sollte er nur kommen! Der Duft des Todes würde ihn schneller, als ein Pistolenschuss, ins Jenseits befördern.

Ich hatte mich nun vollständig angekleidet und starrte noch immer auf die Tür. Nichts tat sich.

„Los komm da raus Junge! Geh einfach nach Hause, dann ist alles in Ordnung! Kannst auch ´n Paar alte Treter von mir bekommen, aber hau ab!“

Nichts. Keine Antwort, kein Mucks. Ich griff mir die alte Rohrzange, mit der ich gestern noch das Waschbecken angeschlossen hatte; bereit ihm die dickste Beule seines Lebens zu verpassen, sollte er es auch nur wagen, näher als einen Meter zu kommen. Mit zum Schlag ausgeholtem Eisen, schob ich mich zentimeterweise an die Badezimmertür. Ich kickte sie auf und sah: niemanden!

Ich schaute leicht vorgebeugt in den Raum hinein, ging bis in die Zimmermitte, drehte mich einmal im Kreis, schaute auf das Abzugsloch in der Decke und dachte, wenn er sich nicht in den Aggregatzustand Dampf verwandelt hatte, müsste er *normalerweise* noch hier drin sein. Ich lies meinen Arm mit dem „Beulenbringer“ nach unten fallen und setzte mich auf die Klobrille.

Kalter Schweiß rann mir über die Stirn. Ob ich wohl krank war und ich mir das alles nur eingebildet hatte? Was war nur mit mir los? Plötzlich rutschte mir die Zange aus den Händen und ich heulte wie ein kleines Kind. Lautes Schluchzen, laufender Rotz. Ich wischte mir den Schnodder mit reichlich Toilettenpapier ab und verbrauchte so um die zwei Rollen, bevor ich wieder einigermaßen zu mir kam.

Ich war also offiziell total *gaga* und meine Nerven hatten die Konsistenz von zu lang gekochten Nudeln.

Blöder, dummer Bockmist! Jetzt verschwanden schon Leute vor meinen Augen. Oh großer Gott, ich sah mich schon mit Tabletten ruhiggestellt, leicht sabbernd mit einem halb fertigen Topflappen, den ich stricken musste, in so ´ner Klinik sitzen.

Es musste was passieren! Und das schnell! Ich klappte mein neun Jahre altes Handy auf, betete nochmals zu Gott, dass ich genug Guthaben hatte, und wählte die Nummer meiner Hausärztin, die mich schon lange kannte. Ich ergatterte noch einen Termin für den heutigen Tag, was ich aber nur mit Zitterstimme und halb angesetzten Schniefgeräuschen durchsetzen konnte. Einerlei, ich hatte einen Termin. Sofort schnappte ich mir meine Ziggis, die Jacke, Autoschlüssel und stand ein paar Sekunden später ohne Schuhe vor meinem Auto. Wäre es nicht so verdammt lustig gewesen, ich schwöre, ich hätte auf der Stelle wieder anfangen können zu heulen.

Die fünf Kilometer bis in die Stadt hatte ich schnell geschafft. Ich stellte meine Karre auf dem Parkplatz der Post ab, über den ich mich immer immens ärgerte, weil er einem Testgelände für Stoßdämpfer glich und auch ziemlich happig bei den Parkgebühren war. Nachdem ich den Parkautomaten ordentlich mit Münzen gefüttert - und mein Ticket bekommen hatte -, meinte ich jedenfalls ein leichtes Rülpsen zu hören, begleitet vom hohlen Gelächter des Eigentümers.

Ich winkte mit dem Ticket noch der Knöllchentante zu, die damit beschäftigt war einen falsch abgestellten Mercedes mit einer Verwarnung zu schmücken, ergatterte aber nur ein saures Gurkengesicht und machte mich auf die Socken.

Da ich noch Zeit hatte, nahm ich Platz in meinem Lieblings-Café, dem Danielli, und orderte eine Tasse Milchkaffee.

Nach zwei Kaffees der Marke „Koffeinschub der Woche“ und weiteren fünf Zigaretten, bezahlte ich und schlenderte Richtung Arztpraxis.

Was sollte ich meiner Ärztin bloß sagen? Was würde passieren? Was würde sie machen? In meinen Visionen sah ich, wie sie in den Telefonhörer säuselte, und mich dabei angrinste. Nach ein paar Minuten würde dann die Tür aufgehen: Zwei Männer, die auch als Gorilla-Double in weißen Kitteln durchgingen, würden eintreten. Sie würde aufspringen (mit angstverzerrtem Gesicht), sich in die Ecke drücken, auf mich zeigen und schreien: „DA ERGREIFT IHN, DEN … DEN … IRREN!“

Oh mein lieber Vater, vielleicht sollte ich besser nur in die Apotheke gehen und mir einen Baldriantee holen! Der hatte mich früher immer so schön beruhigt, aber weil ich selber nicht daran glaubte, dass er mir in dieser Situation half, machte ich mich doch lieber auf den Weg zur Praxis. Ich würd´ dann eben mit den Gorillas Ringkampf üben und mir ein paar Spritzen vom allerfeinsten in die Hinterbacken geben lassen.

Hauptsache, ich sah keine Halluzinationen mehr! Wenigstens keine, die durch Abzugsrohre das Haus verließen oder sich das Klo herunterspülen konnten!

Langsam schritt ich die Kirkwood Street hoch. Ich war nicht in Eile und schaute mir rechts und links des Weges die Auslagen in den Geschäften an. Gott sei Dank, war es auf der beliebten Einkaufsstraße noch nicht so voll. Vereinzelt sah man Schüler mit der mittlerweile obligatorischen Flasche in der Hand. Weiß der Geier, ob´s nur ´n Fruchtsaft, ein Energiedrink oder, was weiß ich, war. Als ich noch in dem Alter war, fanden wir solch ein Verhalten immer leicht assig und so hätte man uns höchstens abends beim Warmtrinken, vor einer Disco gesehen, aber was soll´s. Die Zeiten ändern sich halt und man hat da sowieso keinen Einfluss drauf.

Eh ich mich versah, stand ich auch schon vor der Praxis meiner Ärztin.

Ich atmete noch mal schnaufend aus und nahm statt des langsamsten Aufzugs der Welt, die Treppe. Früher hätte ich meistens zwei Stufen auf einmal genommen, aber heute waren meine Beine bleiern und mein Herz klopfte mir bis zum Hals, als ich die dritte Etage erreichte. Mann-O-Mann, dachte ich, wenn man vorher keine gesundheitlichen Probleme hatte, dann jetzt auf jeden Fall.

Ich gab meine Karte bei der Arzthelferin ab.

„Bitte setzen sie sich noch einen Augenblick in den Warteraum, ich rufe sie gleich auf.“

Mir wurde klar, dass ich noch Zeit hatte, mich mit den interessantesten Artikeln der *Sun* und des neuen *Daily Star* zu beschäftigen.

Das Wartezimmer war nicht ganz so voll wie erwartet und ich fischte mir im Vorbeigehen eine halbwegs interessant aussehende Zeitung vom Tisch.

Ich pflanzte meinen Allerwertesten auf einen freien Platz am Fenster und vertiefte mich in den Artikel über einen spanischen Mann, der versuchte, mit billigen Kirschen aus Bulgarien den englischen Markt zu erobern.

Ich konnte mir ein Grinsen nicht verkneifen und dachte, dass alle Discounter hier im Land schon mächtig Bammel vor ihm haben würden. "Blödmann!“

Ups! Hatte ich das gerade laut gesagt?

Nach einem schnellen überprüfenden Blick stellte ich fest, dass die ältere Dame, die mir gegenübersaß, mich wohl schon die ganze Zeit im Auge hatte. Mit Kennerblick hatte sie scheinbar sofort gemerkt, dass bei mir nicht alle Latten am Zaun fest waren und nun - durch meine etwas lautere Aussage hinsichtlich des Zeitungsartikels - die Bestätigung bekommen.

Ihr Blick senkte sich wieder, aber ein kurzes, bedauerndes Kopfschütteln musste sie mir wohl noch mitgeben.

Na toll, ich war offensichtlich schon so fertig mit der Welt, dass es mir jeder ansah. Ich war nur noch wenige Spritzen davon entfernt, im Irrenhaus zu landen!

Bevor ich mich noch weiter mit Gedanken über meine geistige Gesundheit beschäftigen konnte, wurde ich überraschenderweise schon aufgerufen.

„Mr. Fletcher bitteeee!“

Zackig stand ich auf, schob die Zeitschrift mit dem „Kirschenbaron“ wieder auf den restlichen Stapel Altpapier und schob mich aus dem Warteraum heraus, ohne einen weiteren Blick auf die ältere Dame zu riskieren.

„Zimmer eins, Mr. Fletcher“, wisperte die Gehilfin. Nach nochmaligem kurzen Durchatmen betrat ich das Sprechzimmer.

„Mr. Fletcher, bitte setzen sie sich.“

Meine Ärztin saß, wie ich sie kannte - klein und abgekämpft, hinter ihrem Schreibtisch und kritzelte, ohne aufzublicken in irgendeiner Akte.

Nach gefühlten fünf Minuten ohne weiteren Wortwechsel klappte sie die Akte zu, schob sie von sich weg und lächelte mich an. „Na Mr. Fletcher, was haben wir denn für ein Problem?“

„Fuß“, stotterte ich und zeigte automatisch nach unten, als ob sie vergessen hätte, dass sich besagtes Körperteil meistens unten befand.

„Und was ist mit dem Fuß?“, kam die geniale Nachfrage.

„Angestoßen“, brabbelte ich und hatte den Eindruck, mein Sprachzentrum schaltete sich stufenweise ab.

„Na, dann mal ausziehen und auf die Liege mit ihnen.“

Meine Hose sackte schon Richtung Knie, als sie lächelnd darauf hinwies, dass es absolut ausreichte, den Schuh und die Socke auszuziehen.

Ich riss also den Reißverschluss wieder hoch, bückte mich umständlich und zog die - Gott sei Dank - frisch angezogene Socke von meinem Fuß.

Nachdem sie mein Gehwerkzeug ausgiebig betastet hatte, meinte sie nur: “Na, gebrochen is´ wohl nichts. Kleine Prellung. Tut weh, aber in ein bis zwei Tagen merken sie kaum noch etwas davon.“

Sie verschwand wieder hinter ihrem Schreibtisch und fing an, in meine Akte zu schreiben.

Vermutlich so was wie: Mimose oder Waschlappen.

„Sonst noch was, Mr. Fletcher?“ In diesem Moment, ich weiß nicht, woher es kam, ergossen sich Tränen aus meinen Augen und Schnodder aus meiner Nase. Mit zahlreichen Gesten und fast unverständlichem Gebrabbel gab ich ihr Bericht von meinen letzten Tagen, und vor allem, von meinem heutigen Morgen.

Nachdem sie mir ihre Kleenex Packung herübergeschoben hatte, und ich mit peinlichem Gesichtsausdruck mein Gesicht von Wasser- und Schleimspuren gereinigt hatte, wartete ich auf den Anruf, der mit tödlicher Sicherheit jetzt stattfinden würde und mir einen Urlaub auf unbestimmte Zeit in einem Sanatorium mit vergitterten Fenstern bescherte.

Ich schaute sie wie ein kleines, verschrecktes Kind an. Sie lehnte sich in ihrem Stuhl zurück (wahrscheinlich um so die Distanz zwischen uns zu vergrößern) und sagte: "Mr. Fletcher, das ist doch ganz normal in ihrer Situation."

Sie erklärte mir lang und breit, dass gerade Trennungen, einen immensen Druck für unser vegetatives Nervensystem bedeuteten und so verschiedenste Symptome auslösen könnten.

„Frau Doktor, ich glaube nicht, dass meine Nerven nur *ein wenig* überreizt sind. Ich hab´ echt Angst davor, verrückt zu werden." Nervös knetete ich dabei, meine vollgesabberten Kleenex Tücher in den Händen.

„Mr. Fletcher, so schnell wird man nicht verrückt. Man ist nicht fast vierzig Jahre voll auf dem Damm, und dann mir nichts, dir nichts, ist man verrückt. Ihre Nerven sind überreizt und sie brauchen ein wenig Ruhe. Ich verschreibe ihnen ein paar Tabletten, damit sie ein bisschen runterfahren. Sie machen mal ein paar Tage nur das, worauf sie Lust haben."

Wieder kritzelte sie in ihren Akten herum, so etwas wie: Hypochonder und Jammerlappen. Dann schob sie mir das Rezept über den Tisch zu.

„So, dreimal täglich eine. Nächste Woche sehen wir uns wieder und sie werden sehen, es wird ihnen schon wieder viel besser gehen. Dann können wir beide darüber lachen. Guten Tag."

Mir war jetzt schon zum Lachen zumute. Ich nahm das Rezept und stiefelte schniefend aus der Praxis.

„Vielleicht hat sie ja recht", dachte ich und nahm den kürzesten Weg zur Apotheke.

In der Apotheke war ein Gedränge, als gäbe es Vitaminspritzen umsonst. Ich stellte mich brav an und umklammerte immer noch mein Rezept. Die alte Schachtel, die vor mir dran war, hatte so, wie es aussah, jede Krankheit, die es schon gab und ein paar die bald ihren Namen tragen würden. Nach zehn Minuten raffte sie ihren Stapel Tabletten und Salben in eine überdimensionale Umhängetasche (mit der sie mühelos ein ganzes afrikanisches Volk ein Jahr lang medizinisch versorgen konnte) und schob sich leicht wackelnd Richtung Ausgang.

Die junge Apothekerin strahlte mich an und ich war sofort verliebt. „Wie kann ich ihnen helfen?“, fragte sie mit einem gekonnten Augenaufschlag.

„Vielleicht erst mal einen Kaffee, danach ein schönes Abendessen beim Italiener und dann zu mir, wo wir herrlich entspannt unsere heißen Körper aneinander kuscheln“, dachte ich und sagte: “Hier bitte, das Rezept.“

Sie schaute kurz darauf, ging nach hinten und kam nach einer Weile mit einem Tablettenpäckchen wieder. Ohne mich anzuschauen, schob sie es zu mir herüber und fragte, ob ich wisse, wie sie eingenommen werden. „Natürlich“, erwiderte ich, „bin ja schon länger bekloppt!“ sprach´s und verschwand schnell aus dem Laden, damit sich alle hinter mir vor Lachen ausschütten konnten.

Ich glaube, die kann ich von meiner Tanzkarte streichen, dachte ich und ging auf der nunmehr schon etwas belebteren Straße, Richtung Parkplatz.

„Hast `e mal ´n bisschen Geld?“

Vor Schreck sprang ich fast einen Schritt nach hinten und wäre fast auf meinen vier Buchstaben gelandet.

„Ey, was hast ´e denn? Brauchst nicht gleich umfallen.“ Vor mir stand so etwas wie Käpt`n Jack Sparrow in ganz schlecht. Abgemergelte Gestalt mit Piratenhut, unter dem ein paar abgefressene Zöpfchen hervorragten, bunte Tuchhose und Reiterstiefel.

Ich hatte den Bettler schon öfter in der Stadt gesehen, aber heute musste er unbedingt *mich* anquatschen und dabei zu Tode erschrecken. Mein Herz klopfte immer noch bis zum Hals, als ich erwiderte: “Sorry Käpt`n, war grad` beim Schiffsarzt und der hat mich total ausgeplündert.“

„Ja das kenn ich! Grad` noch `n reicher Mann und plötzlich *peng:* armer Sack!“ Er sah mich mitfühlend an. „Aber wenn du Probleme hast, kannst mich immer anlabern.“

„Na klar“, dachte ich. Am besten komm` ich gleich mit runter zu deiner Brücke und erzähl dir was von Menschen, die es gar nicht gibt. Und du kannst mir was erzählen von hellblauen Elefanten, die mit einem Tutu bekleidet - rückwärts auf einem Einrad - den Berg hochfahren.

Ich riss mich von diesem interessanten Gespräch los und saß eine Weile später in meinem Auto.

Ich war kurz davor mein Lenkrad nach vorne umzuknicken, denn hinter meinem Scheibenwischer klebte ein Ticket. Ich stieg wieder aus und riss das Ding aus seiner Tüte. Ich starrte darauf und konnte es nicht fassen. Weil ich angeblich auf einem Behindertenparkplatz geparkt hatte, sollte ich - sage und schreibe, zwölf Pfund berappen. Ich schaute mich auf dem Platz um, und na ja, die Ticketqueen hatte nicht ganz unrecht. Unbeabsichtigt hatte ich einen von drei Behindertenparkplätzen für mich beansprucht. Vielleicht hätte ich beim Aussteigen mein linkes Bein leicht hinter mit herziehen sollen.

Ich sah das Knöllchenmonster auf der gegenüberliegenden Seite des Parkplatzes zu mir herschauen. Ich streckte meinen Arm mit dem Knöllchen ganz nach oben und wedelte damit rum. „Besten Dank, gnädige Frau“, rief ich ihr zu. „Mal besser aufpassen, wo man so parkt“, giftete sie zurück.

„Außerdem bin ich behindert!“, schrie ich zurück.

„Ach ja, was haben sie denn für eine Behinderung?“

„Tourette, du Pissnelke!“, rief ich und knallte die Autotür zu.

Daraufhin klemmte ich mich hinter mein Lenkrad und gab Gas.

Danach kamen noch ein paar nicht ganz jugendfreie Beschimpfungen und ich wunderte mich auf der Fahrt nach Hause, wie viele mir in der Zeit eingefallen waren.

Ich sollte sie mal aufschreiben ... ein paar von denen kannte ich selber noch nicht.

Ich spielte eine Weile mit meinem Autoradio herum und versuchte, Mal was anderes reinzubekommen, als die ewigen TOP 10, die jeden Tag hoch und runter gespielt wurden. Aber alle regionalen Sender hatten sich verschworen und wollten mir den letzten Rest Nerven auch noch stehlen. Mit leisem Seufzen stellte ich *den Sender* ein, den ich geschworen hatte, erst mit achtzig Jahren anzuhören, und summte kurze Zeit später mit. Ich schaute unterwegs immer wieder links und rechts aus den Fenstern und genoss die Aussicht und die Wärme, die mich traf.

Wahrscheinlich waren es wirklich nur meine Nerven, die mich in diese Situation gebracht hatten. Wenn ich mir ein paar schöne Tage gemacht hatte, würde es mir sicher wieder hervorragend gehen und ich könnte mein neues Leben in Angriff nehmen.

Ich würde jetzt erst mal nach Hause fahren, mir eine Kanne Kaffee kochen, frühstücken und mir dann zu Fuß meinen neuen Heimatort anschauen.

Ich liebte dieses kleine Örtchen schon jetzt. Überall gab es kleine Gassen und verwinkelte alte Häuschen, die liebevoll restauriert waren.

Am Ortseingang verkündete ein Schild, dass es diese Ansiedlung schon über achthundert Jahre gab. Eine Menge Zeit, schoss es mir durch den Kopf und ich überlegte, was hier in den ganzen Jahren alles passiert war und wie viel ich in den kommenden Jahren noch dazu beitragen würde. Nun ja, ich glaubte eigentlich nicht wirklich daran, dass man sich in fünfzig Jahren überhaupt noch an mich erinnerte.

Mit diesen freudigen Gedanken parkte ich mein Auto vor dem Haus. Nachdem ich meine Medikamente zusammengerafft hatte, verschloss ich meine alte Karre und ging schnellen Schrittes zu meinem Domizil.

4

Beim Öffnen der Tür merkte ich, wie meine Hände zittrig wurden. Ich wollte momentan nicht wirklich gerne in die Räume zurück. Was wäre, wenn in meiner Wohnung schon eine Party im Gange wäre - mit Menschen, die nur ich sah? Nach einem kurzen Blick auf die Tabletten in meiner Hand nahm ich mir vor, dann einfach mitzufeiern und anstatt einer, gleich zwei von den Dingern mit einem großen Schluck Bier herunterzuspülen. Wäre ja gelacht, wenn sich die Illusionsgemeinschaft daraufhin *nicht* in Wohlgefallen auflösen würde!

Vor meiner Wohnungstür atmete ich noch ein paar Male aus und ein, und betrat mit skeptischer Miene den Flur.

„Hallo alle miteinander, ich bin wieder da und es wäre schön, wenn ihr euch jetzt alle verpisst! Ich hab´s nämlich schwer an den Nerven und brauche dringend Ruhe. Okay?!“

Stille. Ich hörte nur das leise Knarzen des Bodens unter meinen Füßen.

Ich schob die Tür zum Wohnbereich auf und warf einen kurzen Blick hinein: Alles so, wie ich es verlassen hatte. Danach stieß ich die Badezimmertür auf und steckte meinen Kopf in den Raum: auch hier niemand da. Gott sei es gedankt!

Ich schnaufte kurz durch und wischte mir ein paar Schweißtropfen von der Stirn. Schnell die Jacke ausgezogen und über die Stuhllehne geworfen. Die Kaffeemaschine knatterte kurze Zeit später und ich fand sogar noch ein paar Scheiben - mittlerweile recht altes Brot, aber mit meinem Toaster würde ich die aufpeppen können. Ich lies mir die Brote schmecken und schluckte das Ganze mit einem großen Pott Kaffee herunter.

Während ich so dasaß, las ich die Packungsbeilage der Tabletten und wog die Risiken gegen den Nutzen ab. Was waren schon spontan auftretende Schwindelanfälle mit Durchfall, Haarausfall oder Lähmungserscheinungen, gegen ein unbeschwertes Leben ganz und gar ohne Spukerscheinungen?

Lieber ein sabbernder Glatzkopf mit Teilzeitdemenz, als ein armer Irrer!

Ich legte mir eine dieser kleinen „Knuddelerbsen“ auf die Handfläche, schaute sie nochmals ganz verträumt an und warf sie mir wagemutig in den Schlund.

Ganze fünf Minuten starrte ich nun meinen Kaffeebecher an und versuchte in mich zu fühlen. Ich hatte mir irgendwie verträumte Glückseligkeit ausgemalt. Oder wenigstens die betäubende Wirkung von ein, zwei Whisky Cola ... aber weder noch!

Na ja, ich stellte enttäuscht die Frühstücksutensilien zurück in den Kühlschrank und warf mich auf das Sofa. Ich fühlte mich plötzlich angenehm müde und bemerkte, wie meine Augenlider immer schwerer wurden. Wie durch schmale Schlitze sah ich die Wohnzimmertür aufgehen. Der blonde Junge trat ein, nickte zum Gruß, setzte sich an meinen Küchentisch und sagte: “Dann träum` mal schön. Ich warte, bis du wieder wach bist!“

Verdammte Tabletten, dachte ich noch. Morgen würde ich mein Geld zurückverlangen!

Ich kämpfte noch kurz gegen die mich überfallende Müdigkeit, verlor aber kläglich und schlief ein.

Mit pochendem Kopf und (wiedermal) diesem verdammten Pfeifen in den Ohren wachte ich auf.

Ich rieb mir über meinen schmerzenden Kopf und danach die Augen. Mein Gott, wie lange hatte ich geschlafen? Meine Zunge fühlte sich an wie eine zu lang getragene Sportsocke. „Bäh, widerlich“, murmelte ich angeekelt. Ich schnalzte mit der Zunge und torkelte wie ein seekranker Passagier auf Deck eines Segelschiffes zu meiner Spüle. Ohne mich lange mit der Suche nach einem geeigneten Trinkgefäß aufzuhalten, drehte ich den Hahn auf und hielt meinen Mund unter den Wasserstrahl.

Ich tastete mich schwerfällig an der Küchenzeile entlang, bis ich den Stuhl erreichte, und setzte mich hin. Ich vergrub den Kopf in meinen Händen und dachte nach. Was hatte ich nochmal geträumt? Kam da wieder dieser verdammte Junge drin vor?

Ich stand auf, ging zu dem Lichtschalter und knipste die Birne, die nur in einer Fassung hängend unter meiner Decke baumelte an. Ich war noch nicht dazu gekommen alle Lampen im Haus zu montieren und war froh, dass ich wenigstens dieses Licht hatte, denn mittlerweile war es draußen dunkel geworden. Ich musste also wenigstens zehn Stunden geschlafen haben, und das, verdammt unbequem, denn nun bemerkte ich auch noch die starken Schmerzen in meinem Nacken.

Schlafen tat eigentlich ganz gut, aber normalerweise wollte ich nicht den ganzen Tag damit verbringen.

Mein Magen knurrte nun auch laut und vernehmlich und nach einem Blick auf meine Uhr stellte ich fest, dass es für einen Einkauf in unserem kleinen Dorfladen nun schon zu spät war.

Meine Vorräte waren mittlerweile auf zwei Brotscheiben und ein wenig Marmelade geschrumpft, also nahm ich mir vor, rüber auf die andere Straßenseite zu gehen und dem kleinen Pub einen Besuch abzustatten. Ich würde einfach mal über die Stränge schlagen und mir ein großes Mittagessen leisten. Immer noch leicht benommen zog ich meine Jacke vom Stuhl, überprüfte kurz meine Ersparnisse, zuckte mit den Schultern und verließ das Haus.

Die Abendluft vor dem Haus tat mir gut. Gierig sog ich sie in meine Lunge und trottete Richtung Nahrungsaufnahme.

Der Pub war im Grunde nicht schlecht und an den Tagen meines Umzuges hatte ich hier die eine oder andere Tasse Kaffee getrunken und mir ab und zu ein kleines Essen geleistet. Der Besitzer, ein ca. sechzig Jahre alter Mann, betrieb den Laden zusammen mit seiner Frau und anfänglich tat es mir gut, ein paar Worte mit beiden zu wechseln.

Sie war immer fleißig in der Küche beschäftigt und er dachte, er müsse lautstark die Gäste unterhalten. Wie gesagt am Anfang alles ganz lustig, nur seine laute Art und die immer wiederkehrenden Storys gingen mir mit der Zeit auf die Nerven und ich schränkte meine Besuche auf ein Minimum ein.

Ich kam mir ein wenig schäbig dabei vor, weil sie ansonsten ganz in Ordnung waren, aber mein zerrüttetes Nervenkostüm hielt einfach nicht mehr aus.

Beim Eintreten in das kleine Lokal bimmelte das Glöckchen über der Tür, die den beiden ankündigte, dass Kundschaft vor Ort war. Sie rührte wohl gerade in ein paar Töpfen herum, während er sich die Hände an der Schürze abwischte, sich noch ein Bier gönnte und mit leuchtenden Augen in den Verkaufsraum hechtete.

„Ahh, Mr. Fletcher", rief der rotnasige Pub Besitzer mit Halbglatze, „wie geht es meinem neuen Nachbarn? Sie sehen ja zum Fürchten aus, total abgekämpft. Schlimm so `n Umzug nicht? Hab ich ihnen schon erzählt, wie ich hier hingezogen bin?"

So ging es die nächsten Minuten. Seine Frau steckte den Kopf durch die Durchreiche, um meine Bestellung lachend anzunehmen. Ich war ihr dafür unendlich dankbar, denn ansonsten hätte ich in den nächsten Stunden immer noch kein Essen bekommen.

Er steckte sich genüsslich eine Zigarette in den Mundwinkel und mit Erstaunen musste ich erkennen, dass selbst diese Tätigkeit keinerlei Einfluss auf seine

Redseligkeit hatte. Die Zigarette hüpfte nun beim Sprechen hypnotisch vor meinen Augen auf und ab.

"… und was meinen sie wohl dazu?“ Ich zuckte leicht zusammen. Er hatte mir eine Frage gestellt, aber ich hatte doch mein Gehirn auf Sparflamme gestellt, damit es nicht mit Belanglosigkeiten beschädigt werden konnte.

Ich stammelte also nur ein: „Ja echt schlimm, oder?!“ Ich dachte, das passt zu fast jeder Fragestellung.

„Ja, das war wirklich schlimm, da haben sie Recht. Ich sehe den Jungen immer noch da liegen ... der Unfall war so heftig, dass es dem armen Kerl glatt die Schuhe vom Leib gerissen hat. Er lag einfach nur da und man hätte meinen können, er würde nur schlafen, aber ich erkannte sofort, dass er mausetot war. Schlimm, so was!“ Er schüttelte den Kopf.

Ich starrte den Mann ein, zwei Augenblicke verständnislos an und meine Gehirnrinde wurde zu einem zuckenden Tropengewitter. Annahmen, Erinnerungen, Erleben, Fragen wurden in Sekundenschnelle verknüpft und ich sah das Bild des seltsamen Jungen vor mir, der scheinbar in meinem Kopf feststeckte. Ich räusperte mich.

„Ähm, was war noch mal passiert? Ich war wohl kurz abgelenkt ...“, stammelte ich.

Mein momentanes Leben kam mir vor, wie ein *einziges Gestammel*. Das musste endlich aufhören.

„Ja, wie ich bereits sagte: Der Junge war unterwegs zu seiner Freundin. Er fuhr da aus der Seitengasse bei ihrem Haus. Normalerweise hätte er Vorfahrt gehabt, aber ein Ortsunkundiger übersah das und erwischte ihn mitten in der Fahrt. Der Aufprall war so stark, dass es ihn fast bis vor meine Tür geschleudert hat. Ich hörte das Quietschen der Bremsen und einen Aufschrei und bin sofort auf die Straße. Da lag er ausgestreckt auf der Straße und ich stellte fest, dass nichts mehr zu machen war. Ich zog ihm die Jacke aus und legte sie über sein Gesicht. Das Einzige, was ich dem armen Jungen noch Gutes tun konnte. Außerdem sollten die Nachbarskinder, die angelaufen kamen, ihn nicht so sehen. Verstehen sie?“

„Ich, verstehe ... Jacke ... äh, welche Farbe?“, brachte ich heraus.

„Glaube, blau war sie. Halt so eine moderne blaue Jacke wie sie die Jungs heutzutage tragen. Aber warum fragen sie?“

„Weiß auch nicht so genau. Fiel mir nur so ein. Hm - und keine Schuhe ... is´ ja schrecklich.“

Mir wurde heiß und kalt. Ich registrierte, dass meine Hände anfingen zu zittern, und meine Beine sich wolkig anfühlten.

„Mr. Fletcher!“, rief der Ladenbesitzer und packte mich bei den Schultern. Er schob mich mit seinen kräftigen Händen auf den nächsten Stuhl und rief aufgeregt: „Maria! Maria, schnell den Schnaps für Notfälle!“

Blöderweise musste ich dabei grinsen, weil mir einfiel, dass er den Schnaps wohl tagtäglich selber genoss und die Flasche bestimmt leer - oder wenigstens kurz davor war. Maria kam in den Verkaufsraum um ihren Mann zu sagen, was sie davon hielt mit der Kundschaft zu trinken, sah mich aber mit glasigen Augen auf dem Stuhl sitzen. Mein Aussehen war wohl so erschreckend, dass sie zurückwich und (mit der Pulle vor meinen Augen) versuchte noch ein kleines Gläschen herauszuschütteln.

„Hier trinken sie. Oh Gott, oh Gott! Alfred, was ist denn passiert? Hast du wieder diese schreckliche Geschichte erzählt? Wie oft soll ich dir noch sagen, du sollst unsere Kundschaft damit in Ruhe lassen?“ Ihr Gesicht glühte rot vor Zorn.

„Ich hab gar nichts Schlimmes gesagt Maria. Nur dies und das und belangloses Zeug.“

Ich schaute - wie bei einem spannenden Tennisspiel - hin und her, sah immer wieder das Schnapsglas vor meinen Augen auftauchen, schätzte die Situation kurz ein, grapschte mir schließlich das Glas und kippte mir den Rachenputzer einfach hinunter. Viel Spaß mit den Tabletten da unten!, dachte ich noch und schnaufte kurz durch.

„Geht's denn wieder?“ Maria tätschelte mir den Arm und die Schulter. Ich nickte nur knapp.

„Lag nicht an ihrem Mann“, log ich, „bin ein bisschen angeschlagen. War gerade beim Arzt und vertrag` die Tabletten nicht ganz so gut. Aber es geht schon wieder. Danke.“

Mir schwirrte der Kopf. Sollte das alles nur ein großer Zufall sein, oder passierten mir Dinge, von denen ich bisher höchstens in einschlägigen Zeitschriften gelesen hatte?

Wie konnte es sein, dass ich hier von einem Jungen hörte, von dem ich annahm, dass er nur meiner Fantasie entsprungen war, der aber der Beschreibung nach haarklein zu meiner Fantasie-Gestalt passte?

Entweder war das alles nur ein verdammt gut zusammengewürfelter Zufall, oder ich hatte eine mehr als beunruhigende Erscheinung gehabt!

Wie aus weiter Ferne hörte ich: „Noch einen Mr. Fletcher?“ und musste mit ansehen, wie Alfred sich -

den für mich bestimmten, zweiten Schnaps hinter die Binde kippte.

„Nein, danke“, nuschelte ich und stemmte mich hoch. „Muss jetzt unbedingt nach Hause und mich hinhauen. Bin total fertig.“

„Aber ... ihr Essen! Und überhaupt: Wollen sie sich nicht noch ein Weilchen hier ausruhen?“ Er blickte mich besorgt an.

Nein! Verdammt noch mal!, dachte ich, genauso gut könnte ich mich auf einem Motorrad bei Tempo zweihundert mit geschlossenen Augen ausruhen! Aber höflich, wie ich nun mal bin, antwortete ich nur: „Nein danke, es geht mir schon viel besser.“ Das Essen bekomm` ich heute nicht mehr runter. Ich komme morgen vorbei und bezahle es ihnen. Aber jetzt muss ich unbedingt an die frische Luft.“ Ich verzog meinen Mund zu einem kurzen Lächeln und wankte aus der Tür. Ich musste hier raus, ... brauchte die frische Luft und nicht den alkoholgeschwängerten Atem von Alfred vor meinem Gesicht.

Ich schaute quer über die Straße zu meiner Wohnung, dann die Straße entlang, wo der Junge scheinbar seinen tödlichen Unfall hatte. Unweigerlich stieg ein Frösteln in mir auf. Ich zog den Reißverschluss meiner Jacke ganz herauf und ging mit gesenktem Kopf die Straße herunter.

Was sollte ich mit dem Gehörten anfangen? Irgendwie glaubte ich schon daran, dass es so etwas wie eine Zwischenwelt geben konnte und das es auch Dinge zwischen Himmel und Erde gab, die wir Menschen nicht verstehen würden. Aber erstens hätte ich nie damit gerechnet, dass *mir* so etwas passierte würde und zweitens, hatte ich momentan überhaupt keine Lust mich mit so etwas auseinanderzusetzen. Ich hatte genug mit mir selber zu tun. Verdammt noch mal, wenn der Junge ein Medium brauchte, um sich mitzuteilen, dann sollte es doch verdammt bessere Typen in diesem Dorf geben, als mich!

Ich setzte mich auf eine Bank vor einer kleinen Bäckerei und zündete mir ein Beruhigungs-Zigarettchen an. Ich schnaufte durch. Was sollte ich nun machen? Einerseits war es ein beruhigendes Gefühl anzunehmen, dass ich vielleicht doch nicht wahnsinnig wurde. Anderseits, was war besser? Wahnsinnig zu werden und das medikamentös zu behandeln? Oder plötzlich tote Menschen herumlaufen zu sehen?

Ich musste mir eine Strategie zurechtlegen, falls diese Erscheinung wieder versuchen würde, Kontakt aufzunehmen.

Ich würde ihr klipp und klar zu verstehen geben, dass ich das nicht wollte, und dass sie bei mir aber *so was von* an der falschen Adresse war!

Außerdem würde ich ein paar Kerzen anzünden und kurz einen Abstecher in die Gemeindekirche machen, um für den Jungen zu beten.

Ja verdammt! Er tat mir leid und ich war ein Weichei! Aber es musste ja nicht jeder mitbekommen. Ich schnippte also meine Kippe weg und trottete zur Kirche.

Kurze Zeit später stand ich vor der Kirche und wunderte mich, dass solch ein kleiner Ort gleich zwei sehr große Kirchen besaß. Eine Evangelische - vor der ich jetzt stand, und eine Katholische, weiter unten im Dorf. Ich entschied mich für die Evangelische, weil sie in meinen Augen schöner war und außerdem der alte Dorfbrunnen das Gesamtbild abrundete. Im Übrigen war sie am schnellsten zu erreichen.

Ich öffnete die große Holztür und stand in der kühlen und düsteren Kirche. Ich versuchte mich an meinen letzten Kirchenbesuch zu erinnern und bemerkte, dass es schon Ewigkeiten her war. Ich glaubte schon an einen Gott und hatte eine eher positive Einstellung zum Glauben, war aber nicht unbedingt von der menschlichen Seite und von den Stellvertretern Gottes hier unten auf der Erde angetan. Deswegen schickte ich meine Gebete meistens außerhalb der Kirche zum großen Boss und hoffte, dass er ein Einsehen mit mir hatte.

Aber heute hatte ich das Gefühl, ich müsste diesen Ort für den Jungen aufsuchen, der obwohl tot, immer noch herumlief und unangemeldete Wohnungsbesuche machte.

Ich ging zum Weihwasserbecken und nach dem ersten Drang, meinen Kopf ganz hineinzutauchen, entschied ich mich doch noch um und tippte nur kurz meine Fingerspitzen ein, um das Kreuz auf mir zu zeichnen.

Nichts zischte. Also war ich mir sicher, nicht von Dämonen vereinnahmt zu sein. Ich entdeckte die Kerzen, die man anzünden konnte, um sich durch die Wunschliste für den lieben Gott zu klicken.

Ich nahm eine, hielt mein Feuerzeug daran und schaute dem kleinen flackernden Flämmchen zu.

Die Stille in der Kirche gefiel mir gut und ich hatte seit langem wieder das Gefühl, locker atmen zu können. Ich ließ mich also auf die Knie nieder, faltete meine Hände und sprach: "Großer Gott. Ich muss dir ja sicher nichts erklären." Ich stockte. Meine Bitte war doch schwieriger, als gedacht. "... weil du allwissend bist und weißt, warum ich hier bin", fügte ich einigermaßen unsicher hinzu. Plötzlich gingen mir die Ideen aus. Ich grübelte einen Moment, *um was genau*, ich Gott eigentlich bitten wollte. „Dann hilf dem Jungen und mir. Tu einfach, was zu tun ist. Amen.“ So, das war allgemein genug, schließlich wollte ich Gott nicht seine Vorgehensweise vorschreiben.

Ich rappelte mich wieder hoch, schaute noch kurz auf das zuckende Flämmchen und trat den Rückweg an.

Draußen war es mittlerweile schon dämmrig geworden, aber die Luft war angenehm frisch. Hier und dort hörte man noch leise die Vögel zwitschern.

Eilig ging ich zurück nach Hause.

Wenn ich diesem Jungen wirklich noch mal begegnen sollte, wollte ich es so schnell wie möglich hinter mich bringen.

Etwas so schnell wie möglich zu erledigen, und sei es noch so schmerzhaft, war so etwas wie ein Leitmotto über meinem Leben geworden.

Meine Mutter hatte schon immer, wenn ich ein Pflaster abzuziehen hatte, gesagt: „Mach es schnell und mach es jetzt, dann hast du es hinter dir.“ Und was soll ich sagen? Ich glaube, sie hatte wirklich recht.

Ich war gespannt, wie weh *dieses Pflaster* noch tun würde.

5

Zu Hause angelangt betrat ich meine eigene Wohnung mittlerweile wie ein Einbrecher: Langsam schob ich den Schlüssel ins Schloss und bei jeder Umdrehung, und bei jedem Knacken zuckte ich zusammen. So konnte das doch nicht wirklich weitergehen. Deshalb nahm ich den Rest meines kläglichen Anteils an Mut zusammen und schob die Tür auf.

„Bin wieder zu Hause“, rief ich mehr oder weniger mutig ins Haus hinein.

Ich war nicht unbedingt auf eine Antwort aus, umso mehr schockte es mich natürlich, als aus meiner Küche ein „Na endlich!“ kam.

Oh mein Gott! Das bisschen Mut, das mich gerade bis in den Flur gebracht hatte, nahm schon wieder seinen Hut, warf die Tür hinter sich zu, und ließ mich mit der Erscheinung alleine. Na besten Dank! Ich schluckte.

„Kann ich reinkommen?“, flüsterte ich sehr unmännlich.

„Na das will ich aber schwer hoffen! Es sei denn, du hast dir gerade die Beine gebrochen und ich muss rauskommen und dich tragen“, kam es von drinnen.

„Nö, nö, ist nicht nötig ... bin gleich da ... noch Jacke ausziehen und dann bin ich auch gleich fertig.“

„Kommentierst du jede deiner Handlungen? Is´ das so ´ne Art Tick oder hast du gerade nur die Hosen voll, weil du mit einem Geist redest?“

Ach du dickes Ding! Er hatte sich gerade selber als Geist bezeichnet! Die sehr geringe Chance, dass es sich doch nur um eine Art Hirngespinst bzw. um einen übergeschnappten Jugendlichen - mit dem Hang zum Barfußlaufen handelte, hatte sich soeben komplett erledigt.

Na gut. Ich lies meine Jacke nun einfach auf den Boden gleiten und schob mich in die Küche.

Der Junge saß wenig geisterhaft auf der Arbeitsplatte meiner Küche und lies seine Füße locker baumeln.

Er hatte seinen Kopf geneigt und grinste mich an.

„Buh“, rief er und hüpfte mir entgegen. Das Einzige, was ich hervorbrachte, war so was Ähnliches wie „argh!“, aber das war es auch schon. Geduckt und mit klopfenden Herzen kniff ich die Augen zu und wartetet auf etwas Unangenehmes, wie Schmerzen oder den Tod. Er lies aber lange auf sich warten und das Einzige, was kam, war ein unverschämtes Lachen von meinem Hausgeist.

„Kannst Tom zu mir sagen, und mach dir nicht wegen jedem Mist so in die Hosen! Mein Gott, was ist denn nur mit dir los?“

„Was los ist? Was los ist?“, rief ich nach Luft schnappend.

„Wiederholen von Sätzen, ist deine zweite Macke stimmt`s?“, kam`s von ihm und ich musste trotz meiner Angst an mich halten, ihm nicht eine zu schmieren.

„Sag mal ... Tom, nicht dass ich jeden Tag mit angeblichen Geistererscheinungen zu tun habe, aber kannst du mir mal sagen, ob es noch mehr von deiner Sorte gibt, oder bist du die einzige Landplage, die einem nicht nur Herzbeschwerden beschert, sondern dazu auch noch unglaublich frech und unverschämt ist?“

„Also, erstens, natürlich gibt es mehr als einen Geist, der noch auf der Welt wandelt und zu zweitens: Das mit den Herzbeschwerden, ich glaube, da gibt es noch den einen oder anderen von uns, der dir auch massive Herzprobleme bereiten könnte.“

Ich ging einen Schritt zurück und lies mich erst mal auf einen meiner wackeligen Küchenstühle nieder. Erst jetzt kam ich dazu, meinen Gast genauer unter die Lupe zu nehmen. Ich muss sagen, bis auf ein leichtes unscharfes Flackern um die Konturen sah er aus, wie du oder ich, naja, ein wenig so, als wenn man die letzten fünf Jahre keine Sonne mehr abbekommen hätte, aber im Großen und Ganzen wie ein Mensch.

Er hatte ein nettes Gesicht und listige blaue Augen.

Als ob er meine Gedanken erraten hatte, drehte er sich wie ein Model um die eigene Achse, tänzelte leicht auf den Fußspitzen.

„Tata, na alles gesehen?"

„Sorry Mann, aber du bist meine erste Geistererscheinung und da kann man ja wohl ein wenig länger staunen, oder?"

„Okay ist was Wahres dran, aber ich bin schon seit längerem in diesem Zustand und kann dem nichts mehr Besonderes abgewinnen. Im Übrigen bist du auch mein Erster, naja, vielleicht zweiter Menschenkontakt, der geklappt hat und das, obwohl ich mich bei dir gar nicht anstrengen musste. Du bist also so was von richtig für mein Vorhaben!"

„Äh, nun mal langsam“, entgegnete ich. „Über was für ein Vorhaben sprechen wir gerade?“

„Nun ja, wir müssen uns erst einmal ein wenig besser kennenlernen und so, aber im Großen und Ganzen geht’s da um so was Ähnliches, wie die Rettung der Welt.“

„Bitte was?“, kam es nun von mir und um meinem Erstaunen noch mehr Ausdruck zu verleihen, wackelte ich mit dem kleinen Finger im Ohr, um so nochmals zu verdeutlichen, dass ich mich wohl verhört haben musste.

Just in diesem Moment konnte ich erkennen, wie die Konturen des Jungen anfingen, wie Schlieren zu verschwimmen, seine Stimme wurde immer leiser, sodass ich gar nicht mehr verstand, was er mir sagen wollte … und puff, war er weg.

Ich starrte wohl noch so ungefähr zwei Minuten auf die Stelle, wo er soeben noch gestanden hatte und wurde erst aus meinem Dämmerzustand erweckt, als mir der Speichel langsam aus dem Mundwinkel lief. Mit dem Handrücken wischte ich den Sabber weg, schloss meine Augen zwei, dreimal und seufzte. “Da wird doch der Hund in der Pfanne verrückt“, redete ich mit mir selber. „Nicht genug das ich einen Geist sehe, nein, das reicht nicht Mr. Fletcher. Wir werden mit dir so ein Scheiß-Spiel veranstalten, dass dir Hören und Sehen vergeht!“

Mir fiel ein, dass ich in einem der Kartons die auf dem Boden rumstanden, noch eine halbe Flasche Whiskey gesehen hatte. Nach ein bisschen kramen fiel sie mir in die Finger. Der Verschluss war in null Komma Nix abgeschraubt und nach den ersten zwei verzweifelten Schlucken, und nachdem das Brennen in meinem Hals ein wenig nachgelassen hatte, fiel mir nichts anderes mehr ein, als meine Schuhe von den Füßen zu streichen und mich mit Hemd und Hose auf mein wackeliges Bett zu setzen.

Ich stierte in die eine Ecke meines Zimmers und nach zwei weiteren Schlucken aus der Buddel, sank ich einfach nach hinten, um in einen unruhigen Schlaf mit wirren Träumen zu fallen, in dem mich ein offenbar angetrunkener Pub Besitzer versuchte von einer Brücke zu stoßen und immer wieder dabei rief: *Es ist nur zu deinem Nutzen! Genieße den freien Fall!*

6

Geweckt wurde ich schon um sieben Uhr in der Früh. Nicht, dass mein Körper von alleine gesagt hätte: “Hey, lange genug geschlafen.“ Nein, es waren die Glocken der Kirche, die meinten, mich aus den Federn bimmeln zu müssen. Zuerst zog ich mir noch mein Kissen über den Kopf, aber die Sonne schien genau auf mein Bett und der Glöckner vom Dienst meinte wohl, auch nach fünf Minuten könnte man die Glöckchen noch ein wenig weiter schallen lassen. Mit einem Ruck setzte ich mich auf und warf mein Kissen mit aller Gewalt in die hinterste Ecke meines Raumes. „Verdammte Hacke, was hab ich mir mit dem Umzug hierhin bloß eingebrockt?“

Ich lehnte mich mit dem Rücken an die Wand und fummelte mir eine Zigarette aus dem Päckchen, beziehungsweise versuchte ich es, aber sie war leer und so flog das gute Stück zusammengeknüllt hinter dem Kissen her.

Langsam schwang ich meine Beine über die Bettkante und schob mich mit den Armen in eine halbwegs senkrechte Stellung. Mir tat jeder Knochen weh und ich hatte das Gefühl, gestern einen mehrstündigen Work-Out, mitgemacht zu haben.

„Scheiß Alter!", sprach`s und verschwand für unaufschiebbare Geschäfte im gekachelten Büro.

Nachdem ich meine unaufschiebbaren Geschäfte erledigt hatte, ging es mir schon wieder besser und ich machte mich daran, die morgendliche Koffeindosis herzurichten. Das ich keine Kippen mehr hatte, behagte mir nun gar nicht, aber genauso wenig hatte ich Lust ohne Kaffeekick zum Laden um die Ecke zu laufen und Nachschub zu besorgen.

Der gestrige Abend schwirrte in meinem Gehirn umher und ich schob jeden aufkommenden Gedanken daran weit nach hinten, denn so meine Theorie: Sobald man etwas nicht mehr sieht, verschwindet das Problem von ganz alleine. Naja, bisher hatte dieser Ansatz noch nie in meinem Leben gegriffen, aber einen erneuten Versuch war es wert.

Ich musste auf jeden Fall einen klaren Kopf bekommen, um der ganzen Situation, in der ich momentan steckte, besser begegnen zu können. Denn, desto besser ich mich vorbereitete, umso besser konnte ich mit dieser verfl..., Verzeihung - bescheidenen Situation - fertig werden.

Aber, was sollte ich machen? Einfach meinen Rucksack packen, ein paar Sachen hineinwerfen und für ein paar Tage abhauen? Frage: wohin? Wovon? Ach, was weiß ich! Nein, das ging so oder so nicht und würde alles, was noch auf mich zukam, wahrscheinlich nur um ein paar Tage nach hinten schieben. Ich zermarterte mir das Hirn, aber es kam kein klärender Gedanke in mir auf.

Mein Blick schweifte durch meine überschaubare Bleibe und blieb an einem Nichtraucher Ratgeber mit dem Titel *Sie haben ein orales Problem, ich löse es!,* hängen. Es war scheinbar gestern bei meiner Alkoholsuche aus einem der Kartons rausgerutscht und liegen geblieben. Ich konnte mich dunkel daran erinnern, dass ich es von meiner lieben Ex mit dem Hinweis geschenkt bekommen hatte, dass ich aus dem Mund so stank, wie ein Hund aus dem Allerwertesten.

Aber was viel wichtiger war als die Liebesbekenntnisse meiner Ex: Ich wusste nun, was ich machen konnte. Ich brauchte einen Experten in Sachen unerwünschte Geistererscheinungen, das war es!

Ich setzte meinen nun leeren Kaffeebecher ab, schnappte mir Schuhe, Portemonnaie und Jacke und war so schnell aus dem Haus und zum Auto, wie es nur ging.

Wäre ich nur eine Minute länger geblieben, hätte ich noch mitbekommen, wie sich der Junge mit einem leisen Plop in meiner Küche materialisierte, seinen Kopf schüttelte und sagte: „Es wird mit ihm schwieriger als ich gedacht hatte, aber naja ...“, und *plopp* war er auch schon wieder weg.

Ich fingerte meine Autoschlüssel aus der Jackentasche und schloss zitternd vor Erregung mein Auto auf. Kaum saß ich drin und hatte den Schlüssel im Schloss stecken, fiel mein Kopf auch schon aufs Lenkrad. Verdammt, mein Körper war mal wieder schneller als meine Gedanken. „Warum denkst du auch nie etwas richtig durch?“, murmelte ich mir selber zu und dachte schon die Stimme meiner Ex im Kopf zu hören. Naja, vielleicht hatte sie ab und zu mal Recht gehabt. Auch ein blindes Huhn findet eben mal ein Korn. Ich lehnte mich in meinem Sitz zurück und runzelte die hohe Stirn. Wo, verdammt, verflixt und zugenäht findet man einen Experten für Geister und ihre nicht willkommenen Begleiterscheinungen? In den Gelben Seiten bestimmt nicht oder gab es vielleicht heutzutage schon eine App dafür? Einfach drauf klicken, Strichcode einscannen und der Geist wird per Breitbandverbindung in die Weiten des Alls gebeamt. Ach, Quatsch! Ich schüttelte die unnötigen Gedanken ab und versuchte, koordiniert zu denken.

Man hörte und sah ja immer wieder sogenannte Experten des Übersinnlichen. Meistens in Sendungen, die versuchten einfältigen oder verzweifelten Menschen, das Geld aus der Tasche zu ziehen. Meist stocherten sie mit irgendwelchen Gegenständen, in qualmenden „Mariaempfängnis-Weihrauchmischungen“ herum und versprachen mit Hilfe ihrer Erzengel, die gewünschte Lösung herbeizuführen. Meistens hieß das dann: „Ich sehe eine Reise ... und bei dieser werden sie ihren Traumpartner finden, der sie unheimlich reich, glücklich, schön und gesund machen wird.“

Oh ja, ich war mir gewiss, sollte ich mein Gehirn am nächsten Hutständer abgeben und für ein komplettes Monatsgehalt dort anrufen, würde ich die gleiche Antwort bekommen.

Aber es gab doch auch bestimmt Menschen, die auf diesem Gebiet etwas seriöser arbeiteten.

Ich kratzte mich gedankenversunken am Kopf, als mir eine vage Erinnerung kam.

Ich war vor ein paar Wochen durch die Stadt gegangen, um ein paar Besorgungen zu machen. An diesem besagten Tag war ich Zigarette rauchend noch ein bisschen durch die kleineren Straßen gewandert. Mir war ein kleineres Geschäft in einer Nebenstraße aufgefallen. Im Ladenfenster standen ein paar Buddhastatuen herum und man konnte zahlreiche Kerzen, Medaillons und

Anderes bewundern, mit dem man ideal eine mehr oder weniger erfolgreiche Götzenbeschwörung durchführen konnte. Es handelte sich um einen sogenannten Eso-Shop, und an diesem Tag wollte ich mich schon kopfschüttelnd abwenden, als ich durchs Fenster - an ein paar Traumfängern vorbei, die Geschäftsinhaberin erblickte. Lange, dunkle Haare, ebenso lange Beine. Grüne Augen mit einem Blick, der mir für ein paar Momente das Atmen etwas erschwerte. Mit einem Wort: Traumfrau!

Ich weiß nicht, wie weit sie Expertin für Gedankenübertragung war, aber sie schien mich bemerkt oder erfühlt zu haben, denn mit einem Ruck ihres Kopfes, schaute sie mich an und ich glaube, dass was sie da sah, war nicht gerade ihr „Traummann“, denn mit einer hochgezogenen Augenbraue und spöttischen Mund, wand sie sich wieder ab.

Wahrscheinlich hatte ich das Bild eines fünfjährigen Jungen abgegeben, der durch ein Tiergeschäftsfenster starrt und sich schmachtend, süße Hundewelpen ansieht und dabei nicht merkt, dass sich Speichel den Weg am Mundwinkel vorbei bahnt, um auf den Jackenaufschlag zu tropfen.

„Verdammt!“, ich wischte mir die Spucke weg und ging dann leicht zerknirscht meines Weges. Ich überlegte, ob mir nicht der ein, oder andere Traumfänger fehlte.

Ich hatte in letzter Zeit nicht weiter über diesen peinlichen Vorfall nachgedacht. Erst jetzt fiel mir dieses Ereignis wieder ein.

Vielleicht hatte die Besitzerin dieses Ladens ein paar Erklärungen oder ein Buch, Hörbuch oder wenigstens eine Ohrfeige für mich parat, die mich in die Lage versetzte mit diesem Spuk umzugehen. Wenn ich es mir richtig überlegte, würde vielleicht eine saftige Ohrschelle wirklich das Problem lösen. Da ich keinen Plan B hatte, drehte ich den Schlüssel im Schloss und startete durch.

Nach ein paar Minuten Fahrt, wüsten Gesten, zahlreichem Kopfschütteln und langer Parkplatzsuche, hatte ich endlich meinen Wagen abgestellt. Ich versuchte mich zu erinnern, in welcher Straße dieses kleine Geschäft lag.

Während ich mich durch die Straßen treiben lies, sortierte ich mich innerlich nochmals und dachte angestrengt darüber nach, mit welchen Worten ich die Situation schildern sollte. Einfach würde es wohl nicht werden, aber ich hatte mich nun für diesen Weg entschieden und würde es so oder so durchziehen, denn eine andere Lösung schwebte mir momentan nicht vor Augen.

Nach ein paar Gehminuten stand ich vor dem Laden. Ich schaute mir von der anderen Straßenseite alles noch mal in Ruhe an und rauchte dabei ein Zigarettchen. In dieser Straße waren mehrere kleine Spartengeschäfte vertreten. Ein Geschäft für gebrauchte Babykleidung, eins für selbstgemachten Schmuck usw. Eben diese Art von Läden, die nicht viel Miete für ein Geschäft auf der belebten Geschäftsstraße ausgeben konnten, und nun hier ihr Schattendasein abhängig von Mundpropaganda fristeten. Der Esoterik Laden lag hier, so glaubte ich, aber goldrichtig. Ich nahm an, dass die meisten Kunden nicht viel Wert darauf legten, gesehen zu werden. So wie in meinen Fall. Ich kam mir vor, wie ein Kunde, der einen Erotik-Shop betreten will. Links und rechts die Straße hochgeschaut, ob auch keiner zusieht, schnell rein mit hochgestelltem Mantelkragen, ein *Hallo* gemurmelt, schnell die Pornos überflogen, ein rascher Griff, das Geld auf die Theke geknallt und so schnell wie möglich wieder raus, das Ding unter der Jacke. Erst im Auto wieder durchatmen.

Grinsend schnippte ich die Kippe auf den Boden und schritt auf die Eingangstür zu. Nochmals das Haar sortieren, ein Griff zum Hosenstall, ob der Schlingel gut weggesperrt war, betrat ich den Raum. Das Erste, was mir entgegenschlug und mir fast den Atem nahm, war ein Gemisch hunderter Räucherstäbchen, die ohne überhaupt angezündet worden zu sein, mein Riechorgan sofort zur Kapitulation zwangen. Ich musste einen Hustenanfall in ein mehr oder minder ersticktes

Räuspern umwandeln. Irgendwo aus dem Hintergrund dudelte mir sphärisches Harfenspiel entgegen.

„Jep", genau so hatte ich mir den typischen Laden für Geisterjäger vorgestellt. Es gab zwei Räume; ein Raum im Hintergrund, war durch ein Tuch abgehängt und ich vernahm leises Gemurmel.

Ich nahm an, dass die Besitzerin dort ein Verkaufsgespräch oder eine Teufelsaustreibung tätigte.

Ich hatte also noch Zeit, diverse Verkaufsgegenstände aus der Nähe zu betrachten. In zahlreichen Regalen gab es die obligatorischen Weihrauchstäbchen, die einem entweder Geld, Glück oder diverse andere menschliche Bedürfnisse versprachen. Die meisten hätten bei mir sofortigen Brechreiz oder wenigstens den Tod aller Mücken, Fliegen und Vögel im Raum zur Folge gehabt, sollten sie angezündet werden.

An der anderen Seite gab es Bücher und Tonträger die ganzheitliche Vorsorge in allen Bereichen versprachen. Ich schaute gebückt zahlreiche Titel der Bücher durch, fand aber nichts mit dem Titel: Wie werd´ ich meinen Geisterstalker in drei Tagen los. Während ich gerade aufgeregt in dem Buch mit den hundert idealen Sexstellungen, zur Verringerung des vorzeitigen Samenergusses blätterte, merkte ich ein leichtes Brennen zwischen meinen Schulterblättern. Sie kennen das, man steht nichtsahnend auf der Straße, dampft sich eine

Zigarette und plötzlich hat man das Gefühl, dass man beobachtet wird. Man dreht etwas den Kopf und schielt, bis sich ein leichter Schmerz auf der Stirn bildet, um zu sehen wer oder was da ein Auge auf einen geworfen hat und ... es sind drei kleine Naseweise, die sich darüber beömmeln, das man sich scheinbar kurz vorher mit der Hose in Majoreste gesetzt hat.

In meinem Fall nun, stellte ich gekonnt das Buch so ab, dass man nicht erkennen konnte, welcher Titel es gewesen war und vertiefte mich in die Lektüre über die Herstellung von laktosefreiem Pudding.

„Wenn sie mir sagen, welches Thema sie mehr interessiert, könnte ich ihnen ein paar Buchempfehlungen geben. Zu den Themen *vorzeitiger Samenerguss* und *natürliche Lebensmittelherstellung* haben wir ein umfangreiches Programm und einige Titel kann ich direkt bestellen."

Mein Blut hatte beschlossen, schlagartig aus sämtlichen Gliedern hinauf in meinen Kopf zu schießen. Nichtsdestotrotz drehte ich mich langsam aus der Hocke nach oben und stand der Besitzerin des Ladens gegenüber

Ich schaute in unergründliche grüne Augen. Die langen Haare waren heute zu einem Zopf zusammengebunden und berührten mit den Haarspitzen den wohlgeformten Po meiner Traumfrau. Mit einem kecken Grinsen auf den Lippen, strich sie sich eine Haarsträhne aus dem Gesicht, stemmte eine Hand in die Hüfte und schaute erwartungsvoll in meine Augen, die radarmäßig diesen wundervollen, anbetungswürdigen Körper umkreisten.

„Hallo, hier oben bin ich."

„Verzeihung, ich, äh ja, genau." Verdammt noch mal, konnte es sein, dass ich schon seit mehreren Minuten einfach dastand und den Anschein erweckte, wie ein kleines Kind auf den Arm genommen werden zu wollen? Was wollte ich noch mal hier? Es war mir noch nie so schwer gefallen meine Gedanken zu sortieren und ich hatte das Gefühl, ich hatte mich auch noch nie so sehr zum Affen gemacht, wie in diesen letzten paar Minuten.

Ich wollte gerade ansetzen, als mit einem Ruck die genannte Raumtrennung beiseitegeschoben wurde. Ich konnte einen Blick in den Raum hinter der Ladentheke werfen, und sah im halbdunklen so etwas wie eine Massage Liege und ein paar brennende Kerzen. Mehr nicht. Heraus kam eine kleine, etwas ältere Dame mit Gehstock. Sie richtete noch kurz ihre Bluse und streifte sich dann die Jacke über.

„Es war wieder einmal herrlich Alison. Meine Schmerzen im Knie sind schon viel besser geworden. Wann soll ich das nächste Mal kommen?"

„Ich würde ihnen empfehlen spätestens in drei Tagen wieder reinzuschauen. Einen genauen Termin brauchen wir nicht, das schaffen wir auch so zwischendurch, Mrs. Miller."

„Ich würde dann gern Freitag Vormittag kommen, das würde mir sehr gut passen. Übrigens, was schulde ich ihnen?"

„Das machen wir beim nächsten Mal, es eilt nicht."

„Und was mach ich nun mit den kleinen Trollen in meinem Garten Alison? Sie meinten doch, dafür hätten sie etwas, was ich mal ausprobieren sollte." Mit leicht erstauntem Blick und dem Gefühl gar nicht anwesend zu sein, schaute ich zu, wie Alison etwas aus einem Regal fischte und wie ein Tierarzt meinte: „Hiervon zwei, dreimal etwas an ihren Lieblingsplatz legen und abwarten, ob sie dann immer noch ihre Schlüssel verstecken. Wenn`s nicht wirkt, probieren wir etwas anderes."

Die ältere Dame lies das Fläschchen in ihre alte Manteltasche gleiten, rempelte mich kurz zur Seite, sodass sie vorbei kam und mit läutenden Glöckchen - die über der Tür angebracht waren, verließ sie das Geschäft.

Ich fragte mich gerade, ob das alles nur ein alberner Traum war, und war versucht mir in den Handrücken zu kneifen, um mich zu vergewissern, als mich die Hand von Alison an der Schulter packte und ich leicht geschüttelt wurde. „Alles in Ordnung bei Ihnen Mister ..., Mister ...?“

„Fletcher. Äh ja danke. Soweit alles Okay! Gibt´s das öfter? So Trollprobleme?“

„Naja, Gott sei Dank nicht allzu oft, aber die können schon eine Menge Ärger machen, wenn man nicht aufpasst.“

Sie meinte das alles todernst. Einerseits machte mir das ein wenig Angst, andererseits, was hatte ich denn nun zu befürchten? Dagegen war doch so eine Feld, Wald, und Wiesen - Geister Erscheinung bei mir zuhause, das Normalste von der Welt.

„Ja also, es ist so,“ fing ich stockend an und bemerkte, wie mir der Schweiß ausbrach. „Nur raus damit, sie müssen keine Angst haben. Ich bin wie Frau Doktor, ich höre mir alles an, gebe ihnen meine Diagnose und nichts was ich von ihnen höre, werde ich gegenüber irgendjemand Drittem weiter erzählen.“

„Na denn Frau Doktor, ich hab einen Geist zu Hause und der soll verschwinden. Das ist alles.“ Fragend und zugleich ängstlich schaute ich sie an.

Sie spitzte die Lippen und dachte kurz nach.

„Aha, also da brauche ich dann aber doch noch die ein oder andere Information, bevor ich ihnen dazu etwas sagen kann.“ Sie schob mir einen kleinen Hocker vor ihren Verkaufstresen und wir setzten uns beide. „Am besten sie erzählen ab der ersten Begegnung mit ihrem Geist bis jetzt. Ich werde mir einige Notizen machen und dann sehen wir weiter.“

Ich muss sagen, noch nie kamen mir in so kurzer Zeit und so flüssig, Informationen über die Lippen, die ich am liebsten niemanden erzählt hätte, wie in diesem Moment mit Alison. Sie hatte eine Art einem Dinge aus der Nase zuziehen, dass es mich nicht überrascht hätte, ihr auch noch von meiner Kindheit und meinen zahlreichen Affären zu berichten.

Irgendwann, ich hatte jegliches Zeitgefühl verloren, saßen wir stumm voreinander. Sie schaute direkt in meine Augen und betrachtete immer wieder ihre Notizen, die sie sich bei meinen Ausführungen gemacht hatte.

„Tja, Mr. Fletcher.“

„Nur Fletcher, bitte, ohne Mister“, fiel ich ihr ins Wort.

„Okay also, nur Fletcher, es ist eigentlich ganz einfach und trotzdem etwas vertrackt.“

Ich lehnte mich in meinem Stuhl zurück und erwartete ein Glasfläschchen mit ominösem Inhalt, welches ich dem aufdringlichen Geisterjungen in einer Tasse Tee anbieten konnte.

„Also ist ihnen so eine Sache schon mal zu Ohren gekommen?“, fragte ich.

„Hm, nun nicht direkt so, aber ich fange mal von vorne an: Also, wenn ein Mensch so plötzlich zu Tode kommt wie dieser Junge, dann weiß unter Umständen die Seele nicht, dass der Körper tot ist und sie eigentlich einen Schritt weiter gehen muss, und so bleiben diese armen Seelen auf unserer Welt und versuchen ihr altes Leben zu führen.“

„So kam mir der Geist aber gar nicht vor“, entgegnete ich. “Eigentlich mehr so, als ob er ganz genau wissen würde, was er macht und das er verstorben ist. Aber ich kann mich ja auch irren.“

„Ja gut, dass sie das erwähnen. Es kann sein, dass die Seele noch etwas auf dieser Welt zu erledigen hat oder meint, sie müsste etwas tun. Sehr schwierig!“

Nervös knetete ich meine Hände. „Aber warum denn gerade ich? Ich meine, warum kann ich den Jungen sehen und andere anscheinend nicht?“

„Eine weitere sehr gute Fragestellung, die ich ihnen wenigstens momentan nicht genau beantworten kann. Aber es gibt immer wieder Menschen, die einen ganz speziellen Draht zu der anderen Bewusstseinsebene haben, sprich sie könnten eine bestimmte Sensibilität zu Geistern an sich, oder speziell zu diesem Jungen haben. Er scheint sie irgendwie ausgesucht zu haben."

„Und genau das ist mein Problem Alison. Ich kann und will so was nicht haben. Er soll sich jemanden anderes aussuchen. Ich bin ganz bestimmt nicht *Mister Sensibel* und habe auch nicht vor, dazu zu werden."

„Na na Fletcher, ich glaube unter ihrer nach außen getragenen Maske des starken Mannes, steckt ein ganz weicher Kern."

„Vielen Dank, dass sie mich jetzt auch noch offiziell zum Weichei des Jahres erklären." Diese Annahme traf mich nun wirklich in meinem Stolz. Sie lachte kurz auf.

„Aber so war das doch gar nicht gemeint." Sie langte über den Tisch und legte ihre Hand auf meine. „Sensibel zu sein, bedeutet doch nicht unmännlich zu sein. Ich für mich gesprochen, habe große Hochachtung vor Männern, die beides haben."

Ich muss gestehen, dass ich die letzten Worte nur noch unbewusst wahrnahm, die warme weiche Hand auf meiner, die grünen Augen, die meine Augen fixierten, der Augenaufschlag, ach verflixt, sie musste mich doch für einen Trottel halten.

Schnell zog ich meine Hand unter ihrer hervor und starrte grimmig an ihr vorbei an die Wand. Nun wollte ich endlich eine Lösung für mein Problem.

„Kurze Rede, was schlagen sie vor?“, brummelte ich nur.

„Nun zu Anfang das einfachste Ritual, das es gibt“, antwortete sie.

„Ritual? Ich sage ihnen von vornherein, dass ich keineswegs irgendwelche Tiere opfern werde, noch nackt unterm Vollmond tanze!“

Sie brach in ein herzliches Lachen aus und musste sich nach ein paar Sekunden eine Lachträne aus den Augenwinkeln wischen. „Keine Angst, wie ich sehe, haben sie das meiste Wissen über paranormale Phänomene, durch zahlreichen Genuss von Gruselvideos erlangt, wo junge Leute sich in unheimliche Waldhütten einmieten und nach und nach die Zahl der Gruppe durch Dämonenattacken reduziert wird. So wird es in unserem Fall - Gott sei Dank - nicht sein.“ „Versprochen?“, fragte ich. „Fest versprochen“, gab sie lächelnd zurück.

„Nun, was muss ich also jetzt machen, Alison?“ Ich blickte sie erwartungsvoll an. „Sie müssen versuchen, die Seele ins Licht zu schicken. Liebevoll, doch auch resolut. Dazu gehen sie gleich nach Hause und versuchen sich ganz bewusst zu sammeln und zu beruhigen.“

Das klang ja wirklich lachhaft einfach. „Also Musik an und einen kleinen Whisky trinken?“, fragte ich.

„Nein nein, bitte momentan keinen Alkohol! Das wäre gar nicht gut!“

„Warum nicht?“ Das fing ja gut an. Hörte ich da im Unterton meine Ex?

„Weil sie dann ihre eigenen Grenzen schwächen und sie so das Tor für alle möglichen Übergriffe erst öffnen. Dann wird es erst richtig schwer! Aber lassen sie mich weiter erklären. Sie atmete tief ein.

„Es ist ein ganz einfaches Ritual, und wenn wir Glück haben, ist die ganze Sache damit auch erledigt. Wie ich ja eben schon erklärt habe, kann es sein, dass der Junge gar nicht weiß, dass er verstorben ist und er hier in einer Art Zwischenwelt herumirrt. Sie werden also zu Hause eine angenehme Atmosphäre schaffen. Das heißt, die Zimmer verdunkeln und es ganz ruhig in Ihnen und ihrer Umgebung werden lassen. Dann zünden sie eine Kerze an ...“

„Eine spezielle Art Kerze?“, fragte ich dazwischen.

„Nein, nicht was sie jetzt wieder meinen, so eine Art Kerze, die aus Menschentalk geformt ist, schwarz glänzt und in die Symbole eingeritzt sind, sondern eine stinknormale Kerze ... Teelicht reicht meistens aus.“

Mir fiel ein Stein vom Herzen.

„Diese Kerze oder besser gesagt, dieses Licht symbolisiert das Licht zur anderen Welt. Sie müssen nun mit ruhiger, fester Stimme erklären, dass der Junge verstorben ist und er weiter gehen muss, um seine Ruhe zu finden. Sagen sie ihm, dass auf der anderen Seite Menschen von früher auf ihn warten, die ihn gerne in ihre Arme schließen möchten. Großeltern, und so weiter. Erklären sie das immer wieder in verschiedenen Formen und achten sie auf ihre Umgebung und auf ihr inneres Gefühl. Meistens macht sich irgendwann eine große Ruhe in ihnen und in ihrer Umgebung breit. Das ist dann das Zeichen, dass es geklappt hat.“ Sie lehnte sich zurück und schaute mich ernst an.

„Und das ist es also? Mehr nicht, das soll funktionieren?“ Das alles kam mir seltsam einfach und kindisch vor.

„Die Chancen dafür stehen gut, und wenn es beim ersten Mal nicht gleich klappt, versuchen sie es die nächsten Tage immer und immer wieder“, entgegnete sie.

Ich stemmte mich aus dem Stuhl hoch und bemerkte mit einem Blick aus dem Schaufenster, dass es draußen schon dämmrig geworden war. „Und wenn es nicht klappt, Alison?"

„Dann kommen sie wieder und wir gehen einen Schritt weiter." „Wie würde der dann aussehen?" Sie stand nun auch auf und schaute mehr oder weniger durch mich hindurch. „Nicht so voreilig, immer ein Schritt nach dem anderen", antwortete sie.

„Hm okay, ein Versuch kann nicht schaden, glaub ich." Ich starrte noch einen Augenblick auf meine Schuhspitzen.

„Sonst noch etwas, mein Lieber?" Bei den Worten „Mein Lieber", durchzuckte mich ein heißer, süßer Schmerz in der Herzgegend.

„Ich glaube ich geh` jetzt besser. Ihr Mann wird sie sicher auch schon zu Hause erwarten." Nicht ohne Hintergedanken wollte ich mich so verabschieden.

„Da wartet momentan kein Mann auf mich, nur eine Menge Arbeit, die in den letzten Tagen liegen geblieben ist." Sie können gar nicht glauben, welch eine Welle der Freude diese Worte in mir auslösten! Ich sah mich schon - Hand in Hand - mit ihr die Fußgängerzone herunterschlendern, einen Kaffee zusammen schlürfen und natürlich ... aber lassen wir das jetzt. „Kann ich auch vorbeikommen, wenn ich das mit dem Geist erledigt habe, ich meine einfach nur so?"

„Na klar.“ Ich strahlte.

„Mein Geschäft ist für *jeden* geöffnet.“ Meine Euphorie verschwand genauso schnell, wie sie gekommen war. Ich konnte nicht unbedingt davon ausgehen, für so eine Frau der Traumprinz zu sein. Aber man darf sich doch noch Hoffnungen machen, oder nicht?

In diesem Moment bimmelte wieder das Glöckchen über der Eingangstür. Eine Frau mittleren Alters schob sich in das kleine Geschäft. „Hallo Susan. Moment ich bin gleich für dich da“, rief sie der Kundin zu. Dann wandte sie sich wieder zu mir und sagte: „Sie werden das schon schaffen! Nur Mut und wenn etwas ist, bin ich immer für sie da.“ Sie drückte mir nochmals kurz den Arm und wand sich dann der neuen Kundin zu. Wahrscheinlich gab es da ein akutes Drachenproblem, und da ich nicht stören wollte, verließ ich eigentümlich beschwingt das Geschäft.

Draußen auf der Straße klappte ich sofort den Mantelkragen wieder hoch, nicht weil ich mich vor neugierigen Blicken schützen wollte, sondern weil es ziemlich kühl geworden war. Ich fingerte in meinen Jackentaschen nach den Zigaretten, erwischte eine und klemmte sie mir zwischen die Lippen. Ich blickte durch das Schaufenster in den Verkaufsraum. Alison stand mir zugewandt und machte mit zwei Fingern das Rauchen nach, schüttelte den Kopf und wackelte mit dem erhobenen Zeigefinger. Ich zog schuldbewusst die

Achseln hoch und schnippte die Kippe weg. Sie nickte mir lachend zu und ich machte mich auf den Weg zurück zum Auto. Zwei Minuten später ärgerte ich mich und stampfte mit dem Fuß auf. Das eben war meine letzte Zigarette gewesen! Hier sind alle Geschäfte zu und ich Weichei bin jetzt schon unter ihrer Fuchtel, ich Arsch.“ Ich versuchte mir mit meiner eigenen Faust ins Gesicht zu schlagen, hielt aber inne, weil zwei Frauen auf der anderen Straßenseite mich schon die ganze Zeit beobachteten. Ich grinste herüber, die beiden aber schüttelten nur ihre Köpfe und wackelten von dannen. Jep, der Dorfdepp ist wieder unterwegs! Wenn ich so weitermache, schmeißen mir die Leute demnächst Geld in den Hut!

Seufzend schritt ich auf den Parkplatz zu und versuchte mich dabei zu erinnern, ob ich irgendwo in meinem Haus noch eine Kerze versteckt hatte. Das Ritual würde ich heute Abend auf jeden Fall durchziehen. Ich beschleunigte meine Schritte und war sehr erfreut, nicht wieder ein Knöllchen an meinem Scheibenwischer zu finden.

7

Zu Hause angekommen drückte ich so leise wie möglich meine Wohnungstür auf. Ich ging lauschend ein paar Schritte in den Hausflur und zog mir im Weitergehen meine Jacke aus und lies diese locker zu Boden gleiten. Ich stand ein paar Sekunden einfach da und lauschte nach Geräuschen, aber außer dem Pulsieren meines eigenen Herzschlages in den Ohren, war kein Geräusch zu vernehmen. Erleichtert atmete ich durch.

„Hallo? Jemand zu Hause?"

Nichts!

Keine Antwort. Kein Geflimmer in der Luft. Ich nahm an, dass Tom der Geisterjunge, irgendwo seine Runden drehte.

Ich setzte mich erst mal ein paar Minuten in den Sessel und starrte auf die Stelle, wo er zuletzt gestanden hatte. Hier wäre wohl die beste Stelle, um ihn in meine

Lichtfalle zu locken. Bin gespannt, ob das klappt, dachte ich aufgeregt. Ich durchsuchte einige der noch nicht ganz ausgepackten Kisten und fand tatsächlich ein paar halbwegs zu gebrauchende Teelichter. Mir schossen alle möglichen Gedanken durch den Kopf und ich erinnerte mich daran, dass Alison meinte, eine ruhige Atmosphäre wäre nötig. Von draußen kamen um diese Uhrzeit kaum noch Geräusche, also zog ich nur die labberigen Vorhänge zu und stellte mein Telefon aus, damit nicht zwischendurch jemand anrief und wissen wollte, ob ich grad` in der Wanne sitze. Man kennt das ja, kaum liegst du mit dem nackten Po in der Wanne, steckst dir genüsslich die Fluppe zwischen die Lippen, willst dich gerade entspannen und das Telefon scheppert. Kurzes Stöhnen, nass und kalt über den Boden bis zum Telefon gerutscht und „Hallo?“ … aufgelegt! Verdammt und zugenäht! Das, oder so etwas Ähnliches, wollte ich auf jeden Fall vermeiden. Ich hielt mich und meine Überlegungen für so grandios, dass ich mir schon selber auf die Schulter klopfte.

Ich suchte einen kleinen Teller und drapierte die Kerze brennend auf meinem Küchentisch. Nun setzte ich mich in meinen Sessel und starrte auf das kleine flackernde Licht. Tief durchatmend schloss ich meine Augen und versuchte mich und mein klopfendes Herz zu beruhigen.

Meine Gedanken flossen immer wieder zu Alison, ich sah ihre grünen leuchtenden Augen, ihre Schultern, die Brü...

„Hallöchen, alter Freund, hast` es uns gemütlich gemacht, wie?“

Ich schreckte hoch. Da saß doch dieser Lausegeist mit verschränkten Armen mir gegenüber auf dem Stuhl und grinste mich unverschämt an. „Wie? Was?“ Mehr kam momentan nicht aus meinem Mund, beziehungsweise, aus meinem Kopf.

„Ich meine hier“, mit weit ausholender Geste zeigte er auf die Kerze und die zugezogenen Vorhänge. „Aber das wäre doch nicht nötig gewesen, Fletcher.“ Er grinste immer noch, aber seine Augen zeigten mir, dass er auf der Lauer lag wie eine Katze vor dem Mäuseloch. Ob er etwas ahnte?

„Ach, ich wollte es mir nur ein wenig gemütlich machen.“ Ich grübelte, wie ich am besten anfangen sollte. „Übrigens, du weißt doch, dass du tot bist? Ich meine, dass du nicht mehr unter den Lebenden wandelst?“

Tom riss erstaunt die Augen auf. „Nee! Jetzt ehrlich? Was du nicht sagst, Fletcher. Jetzt bin ich aber platt und ich dachte, ich hätte nur einen lang anhaltenden, total abgeknallten Albtraum! Mensch Junge, sicher weiß ich das und du kannst mir glauben, das stinkt mir gewaltig." Er verschränkte die Arme vor seiner Brust.

„Aha, da haben wir also das Problem", antwortete ich.

„Was für ein Problem meinst du denn jetzt? Das ich tot, oder stinksauer bin?"

„Eigentlich beides. Wo wir schon mal dabei sind: Weißt du, wie ich mich immer runter hole, wenn ich mal so richtig gestresst bin?", fragte ich gewitzt.

„Nö, schätze mal - bei dir - das Übliche: Alkohol und Mucke?" Jetzt war ich ein wenig platt und geschockt. Spitzelte er mir schon länger nach? „Woher ...? Na lassen wir das jetzt mal." Es schien ihm unheimlich Spaß zu machen mich zu foppen, aber damit wäre es gleich vorbei, denn ich hatte mir einen wunderbaren Plan zurechtgelegt.

„Nein, ich meine Meditation Tom. Davon hast du doch bestimmt schon mal gehört. Wir können es zusammen ausprobieren, wenn du Lust hast."

„Versuch macht klug, oder Fletcher?" Er grinste zwar immer noch, aber ich meinte ein leicht verächtliches Funkeln in seinen Augen gesehen zu haben.

„Also wir schauen jetzt mal ganz, ganz entspannt in das Kerzenlicht und ich gebe Anweisungen, was du als

Nächstes tun musst, einverstanden?" „Einverstanden!", antwortete er.

Mit zusammengekniffenen Augen starrte er ins Kerzenlicht.

„So richtig?"

„Ja, schon ganz gut Tom. Nun versuch` dich, zu entspannen." Was auch immer Entspannung bei so einem Geisteswesen heißen mochte. „Du wirst immer ruhiger und ruhiger, vergisst alles um dich herum." „Oh ja, ich merke schon, wie ich ganz ruhig werde", antwortete er mir. Ich schaute ihn an und sah, dass seine Augenlider schon ein wenig abgesackt waren. Mein Plan schien ja wunderbar zu funktionieren. „Nicht quatschen nur zuhören, Tom."

„Okay, dachte nur du wolltest vielleicht ein Feedback haben."

„Nein danke, zuhören reicht schon aus."

„Also, du wirst immer ruhiger und entspannter. Du schaust nur auf das Licht, das immer größer und größer wird. Du merkst, dass du leichter und leichter wirst." Hm, wenn man schon nicht mehr als eine Briefmarke wiegt, wird das wohl nicht so schwer sein, dachte ich noch. „Du merkst, wie dich das Licht immer mehr anzieht. Das Licht ist eine Grenze herüber ins Paradies." Ich schaute Tom an, der mit unbeweglichem Gesicht in die Flamme starrte. Na, das klappte ja wirklich wunderbar. „Du möchtest unbedingt die Grenze überschreiten, dahin wo Menschen auf dich warten, die in deinem Leben eine Rolle gespielt haben. Großeltern und andere Vorfahren, die schon sehnsüchtig auf dich warten und die dich gerne in ihre Arme schließen möchten. Gehe immer weiter auf das Licht zu, du kannst deine Vorfahren schon sehen, wie sie dir zuwinken."

„Jaaa! Ich kann sie schon erkennen!"

Ich zuckte zusammen. Er schob sich immer weiter und weiter mit seinem Gesicht auf die Kerzenflamme zu. „Ja ich sehe euch … Oma, Opa ... sie winken mir zu, ganz deutlich!"

Ich schob nun mein Gesicht auch immer weiter auf die Kerze zu und starrte mit tränenden Augen in die zuckende Flamme.

Tom sprach weiter: „Ja, da sind sie alle! Ich kann sie sehen, alle da. Oma und Opa stehen Arm in Arm auf einer grünen Wiese und winken mir zu."

„Wie, jetzt echt Mann?" Ich starrte nun nur noch wenige Zentimeter von der Flamme entfernt gemeinsam mit Tom in das Licht. Aber so sehr ich auch starrte, außer, dass mir langsam warm um die Augenbrauen wurde und ich einen leicht verschmorten Geruch wahrnahm, sah ich nichts weiter, aber dazu musste man wohl ein Geist sein.

„Ja, sie sind alle da und ... Moment, da schiebt sich eine weitere Wesenheit ins Bild ... wer? … was? Ich kann sie nicht verstehen … aha.“

„Was ist los Tom, was geht da vor sich?“

„Pscht, Moment! Was? Aha, ja ich sag`s ihm!“

„Was ist Tom? Gehst du weiter? Mit wem redest du?“

„Es ist deine Oma, Fletcher!“

Erschrocken und erstaunt wich ich vor der Kerzenflamme zurück. „Du verulkst mich doch, oder? Meine Oma? Was will sie denn, was sagt sie?“

„Sie sagt, Fletcher - und nun halt dich bitte fest ...“ Gebannt wartete ich auf Informationen aus dem Totenreich. Meine Oma war da und sie hatte mit uns Kontakt aufgenommen. Ich war total perplex, das war ja fantastisch. Wahnsinn! Was Alison wohl dazu sagen würde?

„Was sagt sie Tom? Los rück`s raus und dann ab auf die Wiese.“

„... sie sagte ... Fletcher ...“

„ Ja?“

„Sie sagte ...“

„Jaaaaa?“

„Du sollst keine Geister verarschen!“

„Was? Wie bitte?“

Toms Gesicht verzog sich leicht säuerlich.

„Ach Alter, jetzt hör` aber bitte auf. Meinst du, ich weiß nicht, was du hier vorhast?“

„Bitte, ich weiß gar nicht, wovon du redest, Tom.“

„Mein Gott: Kerze an, alles abgedunkelt ... denkst du, ich kenne diese Spielchen nicht? Andere, die ebenfalls auf der Welt als Geister umherwandern, haben mir von diesen kleinen Tricks der Menschen schon berichtet. Meistens lachen wir uns alle darüber kaputt.“

„Du meinst, das klappt nicht, mit dieser „geh ins Licht“ Geschichte?“

„Nö, nicht die Bohne. Meinst du, beim Zeitpunkt unseres Ablebens haben wir den Verstand gleich mit weggeschmissen und sind nur noch hirnlose Geisterzombies?“

„Tom ich hoffe, du weißt, dass ich dir nur helfen wollte. Du bist doch jetzt nicht sauer und verwandelst dich vor lauter Ärger in so `ne Art Poltergeist, oder?“

„Hm, wäre `ne Überlegung wert, hatte eigentlich schon lange Bock mal so `n paar Sachen an die Wand zu klatschen.“

„Ach Tom bitte, ich hab doch jetzt schon genug Ärger am Hals. Das kann ich wirklich nicht gebrauchen.“

„Ist schon gut alter Junge, war doch nur Spaß, aber wenn du mir helfen willst ...“

„Ja klar.“ Ich dachte natürlich daran, ihn auf die andere Seite zu bringen. „Was immer du brauchst, ich werde dir helfen.“

Er schaute mir lange in die Augen und ich dachte darüber nach, ob das jetzt so ´ne Art Vertrag gewesen war - mit Seele verkaufen - oder so, man hörte ja immer wieder von solchen Geschäften.

„Okay Fletcher, ich hab jetzt nur noch wenig Zeit, aber ich komme morgen um genau die gleiche Uhrzeit wie heute, mach dich bereit.“ Mir wurde nun wirklich so langsam ungemütlich zu Mute. Auf was hatte ich mich jetzt wieder eingelassen? „Worauf bereit machen? Du hast doch nicht irgendwas vor, was mit Gefahren oder Schmerzen zu tun hat, oder?“

Tom machte eine verächtliche Handbewegung. „Ich kann dir jetzt nicht mehr sagen. Ich werde gerufen.“

Das begriff ich jetzt nicht. Wer, oder was rief ihn? „Was wirst du?“ Ich merkte, wie seine Konturen immer mehr verschwammen. Es sah so aus, als würde er sich dagegen stemmen; eine Kraft zog ihn, bis ich nur noch sein Gesicht, das mir zugewandt war, erkennen konnte.

„Ich erkläre es dir morgen.“ Seine Stimme war kaum mehr ein Flüstern.

„Nein! Du bleibst jetzt hier und erklärst mir ...“ Ich griff nach seinen Armen ... und natürlich hindurch. Das Letzte, was ich noch sah, waren seine erstaunten Augen. Dann ein Leises *plopp*, und er war weg.

„Tom? *Tom? Verdammt noch mal, bleib jetzt hier!*“ Nichts! Er war weg!

Ich setzte mich wieder in meinen Sessel, und versuchte nachzudenken. Wobei konnte ich ihm helfen? Wer hatte ihn gerufen? Und - das machte mir am meisten Sorgen -, sein Augenausdruck am Schluss. Er kam immer so positiv rüber und ich dachte, ihn als Geist, könnte nichts aus der Ruhe bringen. Aber dieser schmerzvolle und ängstliche Ausdruck in seinen Augen hatte mich nun erst recht fertiggemacht. Ich grübelte noch eine Weile darüber nach, aber das Einzige, was mir bleiben würde, wäre auf Morgen zu warten und das er es mir dann erklärte.

Ich zog mir die Klamotten vom Körper und taumelte in mein Bett. Was für ein Tag. Ich glitt in einen unruhigen Schlaf, in denen mir allerlei komische Gestalten sagten, ich solle abhauen. Aber da war auch immer das Bild von Alison, die mir sagte, dass alles gut werden würde. Ich seufzte noch mal im Schlaf und schlief bis in den Mittag hinein durch.

8

Leicht gerädert wachte ich auf. Der Rücken schmerzte und ich dachte daran, mir in nächster Zeit mal eine neue Matratze zuzulegen. Die Alte hier ging ja gar nicht mehr. Total durchgelegen, sodass ich jetzt noch die Stellen fühlen konnte, wo mich die Federn gedrückt hatten.

Ich schlurfte zu meiner Kaffeemaschine und füllte sie bis zum Anschlag. Ich brauchte jetzt erst mal eine große Dosis Koffein. Die letzte Nacht sickerte mir langsam durch mein Gedächtnis. Wobei sollte ich Tom helfen? Ich dachte sein einziges Problem, wäre von hier zu verschwinden. Was konnten Geister denn schon für Probleme haben? Der Abschied von ihm gestern Abend war auch nicht gerade ermutigend gewesen. Irgendwas hatte ihn gerufen, und ob er wollte oder nicht, er musste wohl gehen. Ich hatte angenommen, dass Geister absolut frei von allen möglichen Einschränkungen sind. Naja, er würde es mir bestimmt heute Abend erklären können.

Brr, bei der Vorstellung, dass wir uns für heute Abend wieder verabredet hatten, wurde mir am ganzen Körper kalt. Ich packte mir an den Kopf. Innerhalb von ein paar Tagen hatte sich mein ganzes Weltbild um 180 Grad gedreht. Das Schlimmste war, ich konnte darüber - bis auf Alison - mit niemandem reden. Selbst mit ihr wollte ich gerne über andere Dinge reden, als über diese bekloppte Geisterklamotte. Glaubte sie selber an diese Sachen? Oder war es einfach nur ein Geschäft für sie und sie heuchelte jedem vor, dass sie ihn ernst nahm?

Ich grübelte darüber noch ein Weilchen und sah dem Kaffee zu, wie er in die Kanne tropfte. Ich kam zu der Ansicht, dass sie ganz ehrlich rüberkam und sie einen wahren Kern an all den fantastischen Dingen sah, die jedem Menschen so mir nichts, dir nichts, über den Weg laufen konnten.

Irgendwie war ich sogar froh, dass es bei mir nur um eine Geistererscheinung ging und nicht um eine Troll-Invasion im Vorgarten, die dauernd meine Autoschlüssel irgendwo verbuddelten oder Elfen, die mir abends um die Nase fliegen würden und an den Ohren ziehen, wenn ich es am wenigsten gebrauchen konnte. Tom war mir da eindeutig lieber. Ich hatte in so kurzer Zeit ein fast freundschaftliches Gefühl ihm gegenüber entwickelt und konnte mir mittlerweile sogar vorstellen, das nächste Fußballspiel im TV mit ihm anzuschauen und ein paar geistreiche Gespräche mit hochgeistigen Getränken zu haben. Sie verzeihen mein Wortspiel, aber es war zu verlockend. Ich grinste und goss mir erst mal ein Frühstückskäffchen ein und wollte gerade nach meinen Zigaretten suchen, als mir bewusst wurde, dass meine letzte Fluppe immer noch vor Alisons Laden herumlag.

Zerknirscht suchte ich ein paar Jacken ab, um vielleicht doch noch eine vergessene Zigarette zu finden. Fehlanzeige. Ich schlürfte zerknirscht an meiner Tasse und setzte sie immer wieder ab, um mich in meine „Straßenausgehklamotten“ zu werfen.

Als Erstes zum Laden an der Ecke watscheln, und mir \`ne Familienpackung Stäbchen kaufen.

Ich suckelte noch den letzten Rest aus meiner Tasse, steckte mir Schlüssel und Portemonnaie in die Tasche und warf die Tür hinter mir zu.

Nachdem ich den Laden bei mir um die Ecke verlassen hatte, riss ich sofort meine Zigarettenpackung auf und steckte mir die Fluppe ins Gesicht. Begierig zog ich die ach so schöne, wie auch so ungesunde Mischung in meine Lungen und beruhigte mich damit auch viel frische Morgenluft zu inhalieren.

Kurzer Hand beschloss ich, ein wenig durchs Dörfchen zu bummeln und mir eine Strategie für heute Abend zurechtzulegen.

Ich wägte ab, was ich wusste, was nicht, und ob ich Alison um Rat fragen sollte. Mir wurde klar, dass ich so gut wie nichts wusste, davon aber um so mehr und wollte erst mal den kommenden Abend abwarten, um dann zu entscheiden, ob ich sie nochmals aufsuchen würde. Mir wäre es bedeutend lieber, dass sie von meinem Erfolg hören würde, als das ich versagt hätte. Mittlerweile war ich bis an den Dorfrand spaziert und bewunderte mal wieder diese herrliche Umgebung. Es war ein schöner Tag. Kaum Wolken am Himmel und nur ein laues Lüftchen wehte mir die Haare ein wenig durcheinander. In einiger Entfernung konnte ich ein alleinstehendes Häuschen sehen und kam zu dem Entschluss, wenigstens noch bis dahin meinen Weg fortzusetzen, bevor ich den Rückweg antrat.

Nach ein paar Minuten kam ich bei dem Haus an. Es lag etwas abseits des kleinen Weges und man konnte sofort erkennen, dass es schon seit geraumer Zeit unbewohnt war. Das Haus verschwand geradezu hinter einer großen ungeschnittenen Hecke und überall wucherte Gras. Selbstausgesäte Bäumchen schauten hier und da hervor. Es machte nicht gerade einen abstoßenden Eindruck, aber nachdem ich lange von außen in die schmutzig grauen Fenster gestarrt hatte, fröstelte ich etwas. Ich war aber auch neugierig geworden und kurz entschlossen, mit einem kurzen Blick nach rechts und links, ob mich jemand sah, sprang ich über das kleine Gartentor und schlug mir einen Weg durch das kniehohe Gras bis zu der Eingangstür. Es war eine altmodische Haustür, wie man sie aus den 70er Jahren kannte. Sie bestand aus Holz mit braunen Butzenscheiben im oberen Drittel, durch die man schemenhaft den Flur erkannte. Die graue Farbe der Tür blätterte an manchen Stellen schon ab. Statt eines elektrischen Klingelknopfes gab es einen altmodischen Türklopfer. „Da war wohl jemand sehr nostalgisch“, flüsterte ich und hob den Klopfer mit den Fingern an und lies ihn dann gegen das Holz scheppern. Ich erschrak, wie laut sich selbst dieser kurze Kontakt des Metalls auf der alten Tür anhörte.

„Gut, dass scheinbar niemand da ist“, dachte ich und drehte mich um, damit ich wieder nach Hause gehen konnte, um weiter zu frühstücken, diesmal mit Kaffee, Brötchen und natürlich einer schönen Verdauungszigarette. Ich war schon fast beim Tor, als ich hinter mir ein leises Knirschen und Quietschen hörte. Ich blieb stehen, runzelte die Stirn und drehte mich langsam um.

Die Haustür stand jetzt einen Spalt weit auf. Unruhe machte sich in mir breit. Um mich selber ein wenig zu beruhigen, dachte ich: Scheinbar ist doch jemand zu Hause und will mal schauen, wer geklopft hat.“ Das nahm ich mir aber selber nicht ab. Nochmals suchten meine Augen die Fenster des Hauses ab und es sah immer noch absolut nicht danach aus, als ob hier jemand wohnen würde. Nirgends hing auch nur eine einzige Gardine. Nirgends sah man ein Möbelstück.

Nein, ich glaubte, dass die Tür von Anfang an nicht richtig verschlossen war und durch mein Gepolter mit dem Türklopfer, musste sie sich in Bewegung gesetzt haben. Ich starrte in das Dunkle des Flurs und konnte aber keine Bewegung wahrnehmen.

Eigentlich hatte ich kein gutes Gefühl weiter herumzuspionieren, andererseits war ich aber auch sehr neugierig. Und was sollte schon passieren? Es war helllichter Tag, die Vögel pfiffen um die Wette ... viel zu schön, als unangenehm überrascht zu werden.

Langsam ging ich wieder zu der Haustür zurück und schubste sie mit meinem Handrücken noch ein Stück weiter auf und starrte in das Halbdunkel des Flurs. Ich steckte meinen Kopf ein Stück herein, gut darauf bedacht meine Beine vor dem Hauseingang zu halten. „Hallo, jemand zu Hause?" Es schallte in dem Haus, wie man es kennt, wenn man in eine nicht eingerichtete Wohnung kommt. Es schallt und hallt, weil nichts da ist, das den Schall ein wenig brechen und mildern kann. Tapeten hingen in Fetzen von den Wänden und es roch kalt und modrig. Nein, hier hatte schon lange keiner mehr gewohnt, und wie es aussah, würde das auch in Kürze niemand, es sei denn, man hätte nen Arsch voll Geld und wollte aus sentimentalen Gründen unbedingt für sich alleine in einem Hexenhäuschen wohnen. Ich schätzte, dass dieses Gebäude aufgegeben wurde und alle beschlossen hatten es langsam, aber sicher in sich verfallen zu lassen.

Nochmals vergewisserte ich mich, dass mich niemand beobachtete, denn ich hatte keine große Lust als Rowdy und Hausfriedensbrecher zu gelten. Das kann einem in so einem kleinen Dörfchen mal ganz schnell das Genick brechen.

Langsam schob ich mich in den Hausflur und lugte in das erste Zimmer zur linken Seite. Hier musste sich mal die Küche befunden haben, denn man konnte noch die Wasseranschlüsse sehen. Ansonsten das gleiche Bild: abblätternde Farbe und Tapeten, die sich aufgrund der hohen Luftfeuchtigkeit, langsam von den Wänden schälten.

Ich schaute mich im ganzen Haus um und konnte nur erahnen, dass es mal ein ganz gemütliches Haus gewesen war, in dem vielleicht eine ganze Familie naturverbunden gelebt hatte. Die Zeiten waren leider vorbei und irgendwie tat mir das Haus leid. Warum war es nicht weiter genutzt worden? Die Grundsubstanz schien doch noch zu stimmen und mit ein wenig Aufwand hätte es nicht so schlimm kommen sollen. Nun aber war es mehr als baufällig und nur mit immensem Geldeinsatz zu retten.

Da mein Konto so leer wie nur irgendwas war, würde ich nicht dieser Retter sein und es war mir auch ein wenig zu ruhig hier.

Ich für meinen Teil hatte meine Expedition abgeschlossen und war schon auf dem Weg nach draußen, als ich über meinem Kopf Geräusche hörte. Ich stutzte, da ich das komplette Haus abgegangen war und nirgends ein Zeichen für Leben entdeckt hatte. Selbst die obligatorischen Mäuse, Ratten, Fledermäuse oder vielleicht eine Katze glänzten mit Abwesenheit. Möbelstücke fehlten auch gänzlich, sodass eigentlich kein Verursacher für diese Geräusche in Frage kam. Ich blieb wie angewurzelt im Flur stehen und lauschte gebannt. Nichts mehr, nur das Pochen meines eigenen Herzschlages dröhnte in den Ohren. Ich zuckte mit den Achseln und ging weiter auf die Haustür zu. Meine Hand war schon zum Türgriff erhoben, als ich hinter mir Schritte hörte, die langsam und dumpf die Treppe herunterkamen. Mir sträubten sich die Nackenhaare.

Mein Herz schlug bis in den Hals und mir brach kalter Schweiß aus. Meine Hand schwebte immer noch über dem Türgriff und ich hätte sie nur runter drücken brauchen, die Tür aufschwingen und hinauslaufen. Aber dieses Gefühl, das sich in mir breitmachte, musste wohl so ähnlich sein wie das, was ein Kaninchen vor einer Schlange empfand. Unfähig mich weiter zu rühren, stand ich einfach nur da und lauschte den Schritten, die immer weiter die Treppe runter kamen.

„Jetzt sei doch nicht so ein verdammter Hasenfuß“, schimpfte ich mich selber, „das wird nur ein Obdachloser sein, der es sich hier drin gemütlich gemacht hat und den ich vorhin einfach übersehen habe.“ Ich glaubte mir zwar selber nicht, konnte mich aber mittlerweile dazu durchringen, mich langsam umzudrehen und zu schauen, wer da mit mir im Haus war.

Das hätte ich bleiben lassen sollen, denn was ich da sah, ließ mir das Blut in den Adern gefrieren.

Eine schwarzgraue Masse waberte die Treppe herunter auf mich zu. Sie schwebte knapp über dem Boden und ich konnte Schlieren in ihr entdecken. Immer wieder sah es danach aus, als würden sich die Konturen verfestigen, denn man konnte ab und zu die Umrisse einer großen Person erkennen. Dann aber löste es sich wieder auf und waberte unruhig hier und dahin. Bis auf diese schweren Schritte konnte ich keinen anderen Laut vernehmen. Ich zuckte unwillkürlich nach hinten und drückte mit meinem Rücken die Eingangstür komplett zu. Mit einem lauten Klicken schloss sich die Tür und damit hatte ich mir den kürzesten Fluchtweg leider selber komplizierter gemacht, als es sein musste.

Das Schattenwesen hatte nun den Flur erreicht und es sah so aus, als würde es mich nun ebenfalls taxieren, denn es blieb am Treppenabsatz stehen und bewegte sich nicht weiter auf mich zu.

Die Sekunden die verstrichen fühlten sich wie endlose Minuten an. Konnte es möglich sein, dass dieses Ding genauso überrascht war wie ich? Hatte ich nicht schon eine Geistererscheinung gut verdaut und war nun so etwas, wie ein kleiner Experte auf diesem Gebiet? Naja wahrscheinlich nicht, aber grundsätzlich musste es sich auch um ein parapsychologisches Phänomen handeln. Nur warum diese wabernde Form? Warum wollte oder konnte es nicht auch eine Gestalt annehmen wie Tom?

Irgendwas war grundsätzlich anders, als bei Tom. Es war auch nicht gerade schön gewesen, wenigstens nicht am Anfang, aber mittlerweile hatte ich mich fast schon an Toms Anwesenheit gewöhnt. Hier aber lag etwas anderes in der Luft. Etwas Kaltes, Dunkles, das mich tief in mir drin frösteln lies.

Das Ding waberte immer noch am Treppenabsatz und machte keine Anstalten sich weiter zu mir hin oder besser noch von mir fortzubewegen.

Ich riss mich also am Riemen, streckte meinen Körper und sagte: “Hallo ..., ich hoffe, ich habe dich nicht gestört, oder? Wusste nicht, dass hier noch jemand wohnt. Übrigens, ich bin ein Freund von Tom! Du müsstest ihn eigentlich kennen. Junger Kerl, blonde Augen, keine Schuhe. Spukt hier ebenfalls in der Gegend."

Das war wohl das Falscheste, das ich hätte sagen können. Das Ding blähte sich auf und im ganzen Haus wurde es dunkel wie die Nacht. Eine Stimme so dunkel und bedrohlich, wie sie nur aus der Hölle kommen konnte, schrie: „Menschlein, du hast angefangen mit Dingen zu spielen, die du nicht mal ansatzweise verstehen kannst oder wirst! Ich rate dir, pack deine Sachen und verschwinde aus diesem Ort! Lauf so weit du nur kannst und komm niemals wieder zurück!"

Ich schluckte und in meinen Ohren war wieder dieses grausame Pfeifen, wie ich es schon so oft hatte. Unwillkürlich hatte ich mich nach unten geduckt und versuchte in der Schwärze des Flurs etwas zu erkennen. Ich meinte, ganz hinten im Dunkeln so etwas wie eine große Person stehen zu sehen, aber ich konnte mich auch irren.

Das Einzige, was mir einfiel, war: „Sagt wer?"

In dem Moment, in dem mir das herausrutschte, hätte ich mir am liebsten selber eine geknallt! Ich und meine große Fresse wieder!

Die schwarzen Schlieren zogen sich immer mehr zusammen und bildeten zum Schluss eine feste Person.

Das milderte meine Angstgefühle aber um keinen Deut. Denn jetzt stand - keine vier Meter von mir entfernt - eine fast zwei Meter große, in einen Kapuzenmantel gehüllte Gestalt.

Sie hob den Arm und deutete mit einer geschwärzten Hand auf mich. Es knallte laut und die Gestalt war von jetzt auf gleich verschwunden und tauchte keine Armlänge vor mir wieder auf.

Ich rutschte langsam mit meinem Rücken an der Tür nach unten. Dieses Ding schaute auf mich herab. Unter der Kapuze konnte ich kein richtiges Gesicht erkennen, nur Schwärze und ein paar glimmende gelbe Augen.

„Bürschchen, fordere mich nicht heraus, das rate ich dir! Du hast etwas in Bewegung gebracht und ich verlange von dir, sofort zu verschwinden, ansonsten bekommst du es mit mir zu tun und glaube mir: Das willst du nicht!“

„Wer bist du?“, stotterte ich und Eiseskälte zog durch meinen Körper.

„Ich bin ... DER RICHTER!“ In diesem Augenblick brach Getöse los, sodass ich mir nur noch die Hände auf die Ohren pressen konnte und mich zusammenkauerte wie ein Igel, um abzuwarten, was nun passierte. Es rauschte und donnerte in dem Haus, als ob ein Taifun das Haus von außen gepackt hätte und es mit aller Gewalt vom Fundament reißen wollte.

Ich hatte das Gefühl gar nicht mehr zu atmen und wollte mich schon vom Leben verabschieden, als es genauso schnell wie es begonnen hatte auch wieder aufhörte. Die Augen hatte ich die ganze Zeit fest zusammengekniffen und langsam blinzelte ich durch tränende Sehschlitze, um zu sehen, was passiert war. Das Ding war weg. Der Flur war wieder erhellt und es war so still wie am Anfang, als ich eingetreten war. Keine Anzeichen darauf, was eben passiert war.

Ich überlegte nicht lange, sondern raffte mich so schnell wie möglich auf und hastete aus dem Haus. Ich rannte den ganzen Weg bis nach Hause, ohne mich nochmals umzudrehen.

Hätte ich es doch noch einmal gewagt, so wären mir vielleicht die beiden Schatten im oberen Fenster aufgefallen, die mir hinterher schauten.

„Meister, meinen sie er geht wirklich? Angst genug schien er gehabt zu haben."

„Wir werden sehen, auf jeden Fall wirst du ihn im Auge behalten und mir sofort Meldung machen, wenn er uns in den Weg kommen sollte." Die Kapuzen Gestalt, die sich „der Richter" nannte, schaute nochmals kurz aus dem Fenster und mit einem leisen *plopp* verschwand sie.

Der, der zurückblieb, sah aus wie ein ganz normaler Mensch. Nur der Piratenhut passte nicht so ganz. Er bleckte seine Zähne und schaute der rennenden Person hinterher. „Lauf nur, ja lauf mein Schätzchen, sonst kommt der schwarze Mann und holt dich." Er lachte und lachte, solange bis ich endlich zu Hause angekommen war und die Tür hinter mir zuwarf, die Flasche Whiskey entkorkte und einen großen Zug aus der Flasche nahm.

9

Am ganzen Körper bebend, fiel ich in meinen Sessel und mit bibbernden Händen holte ich meine Zigaretten hervor. Ich brachte es kaum fertig mir das Stäbchen anzuzünden, so zitterten meine Hände. Laut stöhnte ich auf, packte mir an den Kopf und nahm noch einen großen Schluck aus meiner Medizinflasche. "Verdammte Scheiße, was war das?"

Es dauerte eine ganze Weile, bis ich wieder einen klaren Gedanken fassen konnte. Was wollte diese unheimliche Erscheinung von mir und - verdammt noch mal -, warum hatte ich auf einmal die Fähigkeit Dinge zu sehen und zu spüren, die ich in meinen kühnsten Träumen weder erwartet, noch erhofft hatte. Alison hatte Recht, das was ich von Spuk- und Geistererscheinungen wusste, hatte ich aus TV und Kino und dort ging es in der Regel recht blutig vor sich. Ich hatte keinesfalls den Wunsch von einer dunklen Kapuzengestalt mit einer Machete, durchs Haus gejagt zu werden.

Das, was in diesem verlassenen Haus geschehen war, war ein ganz klarer Machtbeweis gewesen und er hatte sein Ziel erreicht. Ich hatte Angst und das war noch untertrieben, denn ich hätte mir fast in die Hosen gemacht. Ich grübelte und mir war sonnenklar, es konnte eigentlich nur mit Tom im Zusammenhang stehen, denn wobei sonst sollte ich mich eingemischt haben. Es konnte ja nicht um Alison gehen. So eine Art Eifersuchtsdrama, weil er ein Auge auf sie geworfen hätte? Nein, für mich stand ganz eindeutig fest, dass Tom der Auslöser für diese Geschichte war. Na warte mein Freundchen, wenn er heute wieder vorbeikam, dann würde ich ihm klipp und klar zu verstehen geben, dass ich keinesfalls auf weitere Abenteuer scharf wäre. Er sollte sich am besten jemand anderen suchen, der ihm bei was auch immer, behilflich sein würde. Ich für meinen Teil verspürte gerade nicht die geringste Lust, nochmals auf das Körperdouble vom Tod zu treffen.

Zusammengesunken und immer noch etwas zitternd saß ich da und betrachtete den Fußboden vor mir.

„Keinen guten Tag gehabt, mein Freund?“ Ich zuckte zusammen. In meiner Paranoia habe ich sogar leise wie ein Mädchen gequiekt.

Es war Tom, der sich scheinbar gerade eben materialisiert hatte. „Meine Fresse! Kannst du dich nicht wenigstens mal räuspern oder so was, bevor du einfach hier erscheinst?“ Tom saß in geringem Abstand vor mir auf den Boden und schaute mich interessiert an. „Sorry, hab ich mir im Laufe der Zeit abgewöhnt. Aber ich versuche, es beim nächsten Mal wirklich besser zu machen. Was ist denn passiert? Du siehst ja aus, als hättest du ein Gespenst gesehen.“ Er lachte laut auf über seinem eigenen Witz.

„Ja, ha ha, sehr witzig Tom! Weißt du eigentlich, dass ich heute den schlimmsten Tag aller Zeiten erlebt habe? Und ich glaube, du bist daran nicht ganz unschuldig.“

Tom schlug die Augen nieder und schaute verschämt, aber auch gleichzeitig ängstlich zu Boden. Das Bild, das er abgab, sah ganz nach Hund, der ausgeschimpft wird aus. Im gleichen Moment tat er mir wieder mal unheimlich leid. „Naja, ich weiß ja nicht bestimmt, das du ...“, setzte ich an.

„Du hast ihn also schon kennengelernt?“, fragte er.

„Wenn du diesen Horrorarsch, der sich Richter nennt, meinst? Ja! Das kann man wohl sagen.“

„Tom schaute wieder hoch und sein Blick war unergründlich. Ich kann es nicht beschwören, aber seine Augen glitzerten, als ob er kurz vorm Heulen gewesen wäre. So unähnlich waren sich Geister und Menschen also doch nicht.

„Es tut mir leid Fletcher, ich hatte nicht vermutet, dass er es so schnell herausfindet."

„Was herausfindet? Das du `ne Freundschaft zu einem Sterblichen hast, oder was? Ist es für euch vielleicht verboten, Kontakt mit uns aufzunehmen? Ich versteh` das bald alles nicht mehr." Fragend schaute ich ihn an.

„Pass auf! Ich kann verstehen, dass er dir wahrscheinlich eine unheimliche Angst eingejagt hat, denn das kann er wirklich", sagte Tom. „Oh ja", erwiderte ich. „Das hat er nun wirklich total drauf, er sollte sich daraus eine Show basteln und auf Europareise gehen. Damit würde er ein Vermögen machen." Tom grinste. „Mit Geld kann er nun wirklich nichts anfangen, er hat ganz andere Ziele." „Und die wären?", fragte ich.

„Er will seine Macht weiter vergrößern und uneingeschränkt hier auf Erden über die Geisterwelt herrschen. Wenn er seinen Plan umsetzen kann, dann wird irgendwann keine Seele mehr ins Licht gehen, sondern hier auf der Erde gefangen sein. Mit jeder Seele, die er hier unten behält, wird seine Macht größer. Er denkt, dass dann nur noch das Grauen vorherrschen wird und er in eine Stellung kommt, in der er sogar die Fähigkeit hat, die Menschen zu kontrollieren. Denn mehr als alles andere wünscht er sich Macht über alles und jedes. Das ist so schlimm, wie einfach.“

Ich hörte Tom die ganze Zeit aufmerksam zu. Es schien wirklich sehr einfach und trotzdem konnte ich mir nicht vorstellen, dass ein dahergelaufener Geisterrichter die Fähigkeiten besaß, die Menschheit zu unterjochen. Dafür wären doch schon im Vorfeld ganz andere Verstorbene in der Lage gewesen, oder? Man denke nur an den ersten und Zweiten Weltkrieg. Was wäre das für so ´n Geister Mussolini ein Fest geworden, noch nach seinem Ableben die Menschheit weiter zu malträtieren.

„Meinst du nicht, dass er sich da ein wenig zu viel vornimmt? Ich meine, was macht ihn aus, was andere Geister nicht haben? Verstehst du? Auch andere haben doch verrückte Gedanken und versuchen trotzdem nicht gleich die Weltherrschaft an sich zu reißen.“

Tom fing an, hin und her zu laufen.

„Du hast vollkommen recht, sehr gut überlegt. Ich habe mich auch nach meinem ersten Zusammentreffen mit ihm gefragt, woher diese Macht kommt. Was du noch nicht weißt: Er kann nicht nur sein Umfeld manipulieren, er ist auch in der Lage uns Geister herbeizurufen und hier an diese Welt zu binden. Wenn er dir einen Befehl gibt, musst du ihn ausführen und wenn nicht, geschehen schlimme Dinge mit dir.“

„Womit soll er dir als Geist denn drohen, Tom? Ich meine, zweimal sterben kannst du nicht gerade und das Schmerzempfinden wird sich wohl auch deutlich reduziert haben, oder liege ich da falsch?“, fragte ich.

„Du hast Recht, aber es gibt auch schlimme Dinge, die einem Geist geschehen können. Stell dir mal vor, du wärest jetzt ein Geist und könntest überall hin. Keine Mauer, Ort oder Zeit hindert dich daran zu tun und zu lassen, was auch immer du möchtest. *Er* hat die Macht, einen an einen Ort oder Gegenstand zu binden, das heißt im Klartext: Du musst so lange an diesem Ort oder Gegenstand verweilen, bis er dich wieder davon löst. Und das kann eine Ewigkeit dauern! Es ist nicht angenehm als Mensch oder auch als Geist, mit so etwas zurechtzukommen. Und ich kenne ein paar von diesen armen Gestalten, die diese Tortur hinter sich haben.“

„Was ist mit ihnen passiert, Tom?“

„Verrückt sind sie geworden! Durchgeknallt einfach abgedreht! Das sind dann diese Spukerscheinungen, die ihr Menschen als Poltergeister wahrnehmt; die an euren Betten rütteln oder euch kalt in den Nacken blasen.“

„Aha, ich verstehe, aber ich weiß immer noch nicht, warum *er* diese Macht hat und zum Beispiel nicht auch *du*.“ Tom blieb stehen und schaute mich an.

„Weißt du, ich bin ja jetzt schon eine ganze Weile in diesem Zustand und musste mich auch erst daran gewöhnen. Ich wollte nach einer kurzen Zeit einfach weiter gehen, um zu schauen, was dann passieren würde, aber leider kam ich nicht mehr dazu. Ich wollte in dieses Licht gehen und es zog mich auch leidenschaftlich an, aber in diesem Moment tauchte der Richter auf und das Licht poppte einfach weg. Ich schrie diese dunkle Gestalt an und du kannst es glauben, hätte ich noch meinen Körper gehabt, so hätte ich ihm am liebsten in seine schwarze Fresse gehauen. Aber er lachte mich nur aus und sagte, ich würde schon sehen, dass es mir mit ihm weitaus besser gehen würde und ich mich darauf einstellen könnte, in Kürze das eine oder andere für ihn zu erledigen. Daraufhin sagte ich ihm, er könnte mir den Buckel runterrutschen."

„Und was geschah dann?", fragte ich.

Sein Gesicht verzog sich vor Ekel, bei der Erinnerung daran.

„Einen Monat lang war ich an eine Bettpfanne im Altenheim gebunden und kam nicht weg. Ich konnte mich anstrengen, wie ich wollte, aber es ging einfach nicht. Ich kann dir sagen, es war grausam!"

„Das glaube ich dir Tom." Ich konnte trotz Mitgefühl, ein Grinsen nicht unterdrücken.

„Findest du wohl auch noch lustig, was?“

Ich kicherte leise. „Du musst zugeben, lustig anhören tut es sich schon.“

Tom schaute mich an und verzog sein ernstes Gesicht zu einem Grinsen. „Jep, du hast recht, aber trotzdem war es eine ausgemachte *Riesenscheiße* im wahrsten Sinne des Wortes. Ab und zu sehe ich jetzt noch den faltigen Arsch von der Alten.“

Zu viele Bilder entwickelten sich gerade vor meinem geistigen Auge und ich schüttelte angewidert den Kopf.

„Hör auf Tom, ich kann es mir wirklich vorstellen.“

„Du kannst dir also vorstellen, dass ich nicht noch mal in eine solche Situation kommen möchte. Nachdem mich der Richter von diesem Ort gelöst und zu sich gerufen hatte, habe ich deswegen zähneknirschend zugestimmt, *Sachen* für ihn zu erledigen.“

„Und was musstest du für ihn machen?“

„Eigentlich keine schlimmen Dinge, nur meine Sinne offen halten und schauen, wenn es mit einem Menschen zu Ende ging. Dann sollte ich ihn rufen und dahin führen. Er schnappte sich dann die Seele und weg war er wieder. Ich kam mir dabei ziemlich beschissen vor, aber meistens handelte es sich um ältere Menschen und meine Skrupel waren - ehrlich gesagt, nur gering, denn ich wusste auch keine Lösung für dieses Problem. Wenigstens nicht bis vor kurzem."

„Und was hast du in Erfahrung gebracht? Was lässt dich nun annehmen, du hättest eine Lösung für dein Problem?" Ich war sehr gespannt auf seine Antwort.

„Hm ... naja, nicht gerade die Lösung aller Probleme, aber es ist ein Ansatz. Du musst wissen, normalerweise taucht er immer nur ganz kurz auf, um seine Anweisungen zu geben. Alle anderen wichtigen Dinge scheint er ausschließlich mit seinem Menschenfreund zu erledigen. Dinge, von denen wir anderen Geister, nichts mitbekommen sollen."

Ich stutzte. „Moment mal! Du sagtest gerade *Menschenfreund*. Du meinst also, er hat so wie wir beide, einen Kumpel von der anderen Ebene?"

„Jep, genau richtig. Komische durchgeknallte Type, aber irre gefährlich und durchtrieben. Eine Art Pennertyp oder wenigstens gibt er sich für so jemanden aus. Läuft rum wie einer aus diesen Filmen mit Johnny Depp."

„Du meinst *Fluch der Karibik*?", fragte ich.

„Ja genau. Kam nicht auf den Namen." Vor meinem geistigen Auge trat wieder der Penner aus der Stadt hervor, der mich um ein paar Münzen angepumpt hatte. Der konnte es eigentlich nur sein, denn so viele Piratentypen sprangen ansonsten nur zur Karnevalszeit herum. „Du Tom, ich glaube, ich bin der Kanaille schon mal begegnet.“

„Glaub` ja nicht, dass das reiner Zufall war Fletcher. Ich schätze mal, der Richter wird ihn auf dich angesetzt haben, um in Erfahrung zu bringen, wie du so tickst und ob du eine Gefahr für seine Pläne bist.“ „Na, so wie er sich heute mir gegenüber aufgeführt hat, muss er tatsächlich denken ich wäre `ne Gefahr für ihn, warum auch immer. Aber erzähl` doch erst mal was du erfahren hast und dich annehmen lässt, du könntest dem Typen einen riesigen Arschtritt verpassen.“

„Wie schon gesagt, normalerweise macht er alle seine geheimen Vorbereitungen oder die anderen Dinge mit dem Typen zusammen und lässt unsereins außen vor. Aber vor kurzem war der Richter offenbar in einer Notlage. Sein kleiner stinkender Gehilfe hatte ziemlich einen über den Durst getrunken und einen gelben Schein eingereicht.“ Tom grinste und seine Augen schienen in die Ferne gerichtet. „Wenigstens dachte der Richter wohl, er könnte mir von allen anderen am meisten vertrauen, und er befahl mir, ihn auf eine kleine Reise zu begleiten. Ich fragte ihn aus, aber bis auf sein Zeichen ihm zu folgen, bekam ich nichts aus ihm raus. Also nahm ich mir vor, ihm still und stumm zu folgen und mir alles einzuprägen was er tat oder wohin er ging. Er, wie soll ich sagen, na, er schien irgendwas beschworen zu haben, denn eine dunkle Wolke hüllte ihn und mich gleichzeitig ein und eh ich mich versah standen wir in einem dunklen Kellergewölbe.“

Das war interessant. „Konntest du erkennen, wo sich dieses Gewölbe befand?“, fragte ich Tom.

„Nein, keine Chance. Denn wenn ich mich auch nur kurz von ihm wegbewegt hätte, wäre ich wahrscheinlich die nächsten paar Jahre wieder im Altersheim gelandet oder vielleicht noch schlimmeres. Darauf - wie gesagt, hatte ich nicht die geringste Lust und außerdem war ich viel zu gespannt, was er vorhatte.“

„Okay, verstehe ich“, sagte ich und hörte gebannt weiter zu.

„Also, wir waren in diesem Gewölbe und er stand die ganze Zeit vor einer Mauer. Er sagte nichts oder bewegte sich großartig, ich hörte nur ein Leises schaben, so, als wenn zwei Steine übereinander geschoben würden. Aber auch das nur ganz leise, als ob er es vermied, dass ich etwas mitbekam. Kurze Zeit später beschwor er wieder diese Reisewolke und wir tauchten auf einem Friedhof auf, den ich schon kannte.“

„Also den Friedhof hattest du schon mal gesehen? Da können wir doch ansetzten. Woher kanntest du den Friedhof denn?“

„Weil ich dort beerdigt worden bin, Fletcher, deshalb kenne ich ihn.“ „Oh sorry Mann, das wollte ich nicht“, stotterte ich leicht verlegen. „Ach schon okay! Ist ja schon `ne Zeit her, aber normalerweise, vermeide ich es trotzdem dort rumzulaufen. Zu schwierige Erinnerungen, außerdem möchte ich da nicht einem meiner Eltern begegnen."

„Hm, kann ich verstehen Alter, aber hast du trotzdem nicht mal versucht mit deiner Mutter oder deinem Vater Kontakt aufzunehmen?"

„Was sollte das denn bringen? Ich glaube nicht, dass es gut wäre, meine Eltern zu Tode zu erschrecken und immer wieder alte Gefühle in ihnen auszulösen. Nee, lass mal! Es ist für sie und mich besser, wenn wir uns aus dem Weg gehen. Ich werde versuchen den Richter irgendwie auszutricksen und dann bin ich so schnell im Lichttunnel wie `ne Katze, der du den Schwanz angesteckt hast."

„Schon mal gemacht?", fragte ich.

„Was gemacht?"

„Na das mit der Katze", ich grinste ihn an. „Blödmann!" Er grinste aber zurück. „Du weißt genau, was ich meine Fletcher. Ich muss den Typen einfach schachmatt setzen. Es wäre ja auch Klasse für die anderen von uns, wenn man es schaffen könnte."

„Das wäre es in der Tat", sagte ich.

„Wo bin ich eben stehen geblieben? Ach ja, wir tauchten an diesem Abend dann also auf dem Friedhof auf und standen `ne ganze Zeit still herum. Plötzlich tauchte ein anderer Geist auf, den ich schon kannte. Es war der alte Postbote vom Dorf. Ein alter verschrobener Kerl, aber im Grunde eine herzensgute Seele. Wir sind schon des Öfteren durchs Dorf gezogen und haben unsere Runden gemacht. Er tauchte halt auf und verkündete dem Richter, dass `ne alte Frau im Dorf es wohl nicht mehr lange machen würde. Die Augen vom Richter leuchteten auf, wie zwei Bremslichter bei `nem Sportwagen, das kann ich dir sagen. Der hat eine Gier nach Seelen wie `n Junkie nach seinem Stoff. Sobald er das gehört hatte, sagte er mir, ich käme ausnahmsweise mit zu der Frau, aber das Einzige, was ich machen müsste, wäre eventuelle andere anwesende Menschen so abzulenken, dass er genügend Zeit hätte, der Seele habhaft zu werden. Nach erfolgreicher Arbeit könnte ich dann wieder gehen, wohin ich wolle. Bei der Aussicht einer weiteren Person zu schaden - und ich wäre daran auch noch beteiligt -, war ich nicht gerade begeistert. Doch ehe ich mich versah, standen wir auch schon in dem Haus der Frau. Es war dunkel und man hörte aus einem der Räume leises Schluchzen. Mir wurde hundeelend, aber ein Blick zum Richter sagte, dass er schon Witterung aufgenommen hatte wie ein alter Bluthund. Er schritt die Treppe hoch und ich sollte Schmiere stehen, sodass kein anderer die Treppe hochkommt."

„Wie hättest du das denn verhindern sollen? Ich meine, sich mal so einfach in den Weg stellen oder so, wäre ja wahrscheinlich nicht gegangen, oder?“

„Nö, kann mich ja auch nicht jeder sehen, du bist `ne rühmliche Ausnahme ... Kann dir sagen, so oft hat keiner die Ehre Geister zu sehen.“

„Das, das so ein tolles Talent ist, wag ich zu bezweifeln“, erwiderte ich.

Tom schnaubte verächtlich: „Na wenigstens hast du keine Langeweile! Aber lassen wir das jetzt! Du kannst mir glauben, mit dem einen oder anderen Energieschub kann ich schon so einiges anstellen: Bilder verrücken, Türglocken oder Telefone klingeln lassen und andere kleine Neckereien. Nicht das gleiche Potenzial, was der Richter drauf hat, aber es reicht, um manche Menschen ein wenig zu verwirren.

Ich schlich also zu dem Raum und linste durch den Türspalt. Dort kauerten um einen Tisch drei Personen, ich schätze mal die Angehörigen der Frau. Zwei Männer und eine Frau. Der eine Mann hatte den Arm um die Frau geschlungen und tröstete sie in einer Tour. So Sachen halt wie, *sie wird es in Kürze besser haben* und das sie dann keine Schmerzen mehr hätte. Irrtum, dachte ich, denn der Richter würde die arme Seele nicht in Ruhe lassen und weiter quälen. Am liebsten hätte ich vor Wut, laut geschrien, aber ich riss mich zusammen. Ich schaute nochmals in den Raum und dachte, dass sie so schnell nicht hinaufgehen würden, deshalb schlich ich dem Richter hinterher, denn es war für mich an diesem Tag die einzige Möglichkeit etwas mehr über ihn und seine Vorgehensweise zu erfahren. Wenn ich mich und die anderen gefangenen Seelen aus dieser Situation befreien wollte, brauchte ich einfach Infos.

So leise wie möglich bewegte ich mich durch den oberen Flur. Ganz am Ende des Ganges sah ich eine Zimmertür einen Spalt weit offen stehen. Ein leises Wimmern kam aus dem Raum. Bei der Tür angekommen, spähte ich vorsichtig hinein. Er war ein wenig abgedunkelt, nur ein kleines Licht stand auf einem Nachttisch und in dem Bett daneben sah ich den Kopf einer älteren Frau, die mit weit aufgerissenen Augen zu ihrer Bettkante blickte. Man konnte nicht erkennen, was sich da abspielte, denn dafür war der Spalt einfach zu schmal. Ich nahm meinen ganzen Mut zusammen und steckte meinen Kopf einfach durch die Tür.

„Du machtest was?“, rief ich aus. „Na ich steckte meinem Kopf durch die Tür! Mensch Fletcher! Ich bin ein verdammter Geist! Ich hab so was drauf. Aber glaub mir, ich hatte so eine Angst, dass mich der Richter sehen würde, dass ich am liebsten kehrt gemacht hätte, aber ich überwand meine Furcht und schaute hinein. Was ich da sah, war so erstaunlich, dass ich es kaum glauben konnte.“

Mit atemloser Spannung hörte ich zu.

„Er war nicht mehr diese schwarze Gestalt im Kapuzenmantel, sondern er hatte seine alte, menschliche Erscheinung angenommen. Er trug altertümliche Kleidung und in seiner Hand hielt er offenbar so etwas wie einen Richterhammer. Er schlug damit immer wieder auf das Bettgestell und musste die arme Alte wohl damit zu Tode erschrecken. „Ich verurteile dich zu ewiger Treue mir gegenüber und nun stirb!“, rief er gebieterisch. Dann schwebte er über der Alten und hüllte sie in eine schwarze Wolke ein. Ein ersticktes Wimmern, und fort war er! Ich zog so schnell wie möglich meinen Kopf aus der Tür und rannte herunter zum Flur. Dort angekommen öffnete gerade einer die Tür und ich hörte, wie der Mann sagte, er wolle mal oben nachsehen. Kaum oben angekommen rief er die anderen zu sich hoch und ich konnte den erstickten Schrei der anderen Frau kaum ertragen, die leise anfing, wimmernd zu weinen.

Sie war nun also tot und der Richter hatte mal wieder eine Seele mehr. In mir kochte und brodelte es! Ich war so wütend, aber ich wusste, dass ich momentan noch nicht in der Lage sein würde dem Richter ein Ende zu bereiten oder ihn seiner Macht zu berauben. Aber - und das ist von Vorteil -, ich glaube, dass ihm irgendwas oder irgendwer seine Macht verliehen hat. Irgendwas, was ihn stark und so gefährlich macht.“

„Der Richterhammer!“ kam es mir, ohne groß nachgedacht zu haben. „Bingo Fletcher, genau das nehme ich auch an. Stell dir doch nur vor, wie viele Urteile dieser Arsch in seiner Lebenszeit gefällt hat … Und Freisprüche gehörten ganz bestimmt nicht zu seinen Lieblingsurteilen. Ich nehme an, dass durch seine Grausamkeiten etwas mit diesem Gegenstand passiert sein muss.“

„Und was machen wir nun mit dieser Information?“, fragte ich.

„Nun wir sollten als Erstes rausbekommen, wo dieses Kellergewölbe liegt, meinst du nicht?“

Ich lehnte mich entspannt zurück und dachte nach. Er wird vielleicht diesen kostbaren Gegenstand dort drin versteckt haben und holt ihn nur hervor, wenn er ihn braucht, um sein ruchloses Geschäft durchzuführen.

In meinem Kopf hörte es sich so einfach an. Das Gewölbe finden, den Hammer an uns nehmen und am besten, so glaubte ich, das olle Ding einfach verbrennen. „Okay Tom, weißt du was? Ich werde morgen einfach mal in die Stadtbücherei gehen und schauen was die an Lektüre über den Ort haben, ich meine aus dieser Zeit vom Richter. Vielleicht finde ich ja was, und dann können wir überlegen, ob uns das bei der Suche nach diesem Keller weiterbringt.

Tom machte die Pistolenbewegung auf mich gerichtet. „Blitzbirne, du hast es drauf! Ich hatte die gleiche Idee. Nur fehlt mir der Mitgliedsausweis für die Bibliothek. Außerdem hab ich kein passendes Passbild für den Ausweis."

Wir verabredeten uns für den nächsten Abend, nicht ohne seinen Hinweis, dass ich aufpassen sollte, dass mir der Piratenbettler nicht nachschleicht. Ich grinste, denn für diesen Typen hatte ich mir schon etwas ausgedacht.

Auf jeden Fall hatte ich mir vorgenommen, morgen als Erstes Alison einen Besuch abzustatten und mit meinem haarsträubenden Abenteuer ein wenig Eindruck zu schinden. Außerdem hatte sie vielleicht auch eine Idee, wie man dem Richter anders beikommen konnte.

Nachdem Tom weg war, rauchte ich auf meinem Bett ein Beruhigungs-Zigarettchen und dachte, dass wir die ganze Situation gut im Griff hätten. Die Ereignisse vom Morgen hatte ich schon ganz nach hinten geschoben, aber wie mir meine Träume an diesem Abend bestätigten, war mein Unterbewusstsein noch nicht ganz damit fertig und bescherte mir einen Angstschweiß getränkten Alptraum vom Allerfeinsten.

10

Am nächsten Morgen fühlte ich mich gerädert und es dauerte eine ganze Weile, bis ich frisch geduscht in meinen Klamotten aus dem Haus gehen konnte. Während ich unter der Brause stand, hatte ich mir schon einen kleinen Plan zurechtgelegt, wie ich an diesem Tag vorgehen wollte. Am dringendsten war, diesen miesen Gehilfen vom Richter in den Griff zu bekommen. Es wäre vor allen Dingen gut, ihn für eine Weile auszuschalten, um Tom so eine weitere Gelegenheit zu verschaffen, vielleicht die ein, oder andere Reise mit dem Richter zu machen und so mehr über dieses Kellergewölbe herauszufinden.

Ich hatte einen Gedanken, wie das zu schaffen war und obwohl die Gefahr bestand, dass es in die Hose gehen könnte, war ich gewillt den Plan in die Tat umzusetzen. Ich musste lange suchen, bis ich in dem kleinen Städtchen einen Parkplatz fand, aber dann machte ich mich auf die Suche nach Käpt`n Jack. Ich latschte die

Einkaufsstraße hoch und runter, weil ich dachte, dass er bestimmt hier herumlungerte, um ein bisschen Kleingeld zu erbetteln. Nach einer Stunde brannten mir die Fußsohlen und ich holte mir in einer kleinen Bäckerei einen heißen, dampfenden Kaffee. Es tat verdammt gut das warme Getränk die Kehle herunterlaufen zu lassen. Durch die Scheibe des Ladens sah ich dem Treiben auf der Straße zu, als ich in einer Menschentraube einen wohlbekannten Hut auf und ab hüpfen sah. Das konnte nur *er* sein. „Na warte Freundchen - gleich bist du dran!" Nicht gewiss, ob meine Idee wirklich so glorreich sein würde, wie ich es erhoffte, aber mit einer großen Portion Optimismus beschleunigte ich meine Schritte und versuchte absichtlich so nah wie möglich an ihm vorbeizugehen. Als ich fast auf gleicher Höhe mit ihm war, bemerkte ich an seinem Gesichtsausdruck, dass auch er mich erkannt hatte. Ich war gespannt, wie er reagieren würde, und hoffte inständig, dass er mich ansprach. Fast an ihm vorbei dachte ich, dass mein Plan nicht klappen würde als … „Hey Matrose, haste `n bisschen Kleingeld für den armen Käpt`n?" Ich triumphierte innerlich. Jetzt bloß nicht den Mut verlieren, zieh das Ding einfach durch, dachte ich und drehte mich zu ihm um. „Na klar mein Freund, ich helfe doch immer gerne, wie du weißt." Diese kleine Provokation konnte ich einfach nicht lassen und bemerkte das Funkeln in seinen Augen. Er hatte sich aber gut im Griff und spielte seine kleine Show weiter. „Nur `n paar Münzen, damit ich mir etwas zu beißen kaufen kann.“ Er schob mir seine schmutzige Hand unter die Nase und grinste mich mit seinen schiefen Zähnen an. „Ja warte mal, halt mal den Kaffee, ich such` nach ein bisschen Kleingeld für dich.“ Was er nicht wusste, war, dass ich am frühen Morgen extra eine zweite Brieftasche mit ein bisschen Geld und einem Ausweis, den ich nicht unbedingt brauchte, präpariert hatte. Meine Idee war nun, ihm die Brieftasche irgendwie unterzuschieben, ohne das er es merkte, um ihn dann bei der Polizei anzuschwärzen. Mit ein bisschen Glück würden sie ihn dann für ein Weilchen einbuchten, während Tom und ich freie Bahn hatten.

Umständlich kramte ich in meinen Taschen und schaute mir diese Vogelscheuche genauer an. Er trug einen weiten schwarzen Ledermantel, der so ausgebeult und schlabberig um seine dürren Knochen flatterte, dass es ein Leichtes sein würde, meine Brieftasche in eine seiner ausgeleierten Taschen zu bugsieren.

Ich drückte mir kurz selber die Daumen und sagte zu ihm: „Ist das da hinten nicht die Stadtbücherei?“, und zeigte wahllos mit meinem Finger in eine Richtung. Er drehte sich leicht auf den Absätzen und tat mir den Gefallen so nah an meine linke Hand zu kommen, dass ich ohne große Mühe die Brieftasche in eine seiner Taschen gleiten lassen konnte. „Nee Meister, ganz falsche Richtung. Da musste hier die Straße weiter runter und dann links. Das große Fachwerkgebäude auf der rechten Seite isses dann. Kannst`e gar nich verfehlen. Wohl `n bisschen was zu schmökern holen, was?“

Er grinste mich immer noch an und sein leicht fauliger Atem schlug mir direkt entgegen. Mir wurde flau im Magen, aber ich wusste ja auch, dass er gerne ein paar Infos von mir gehabt hätte, die er dann wahrscheinlich schnellstens seinem Meister weiterreichen wollte. „Ach weißt du“, erwiderte ich, „die Abende sind lang und langweilig, da dachte ich der ein oder andere Geisterroman könnte mir wenigstens ein bisschen Spannung bringen. Passiert ja sonst nichts in diesem Kaff.“

Er glotze mich ungläubig an und man sah geradezu, wie sein wohl immer noch mechanisch arbeitendes Gehirn sich abrackerte, zu verstehen, ob ich ihn verarschte oder nicht. Ich lächelte ihn an. „Äh ... ja, wirst wohl was finden“, stotterte er.

„Du übrigens hab ich momentan kein Kleingeld dabei. Kannst aber dafür den Kaffee behalten, sorry und tschüssi.“ Bevor er etwas erwidern konnte, hatte ich mich umgedreht und war dabei, so schnell wie möglich die nahe gelegene Polizeistation aufzusuchen. Es war ein kleiner Fußmarsch von ein paar Minuten, und nachdem ich meine Brieftasche als gestohlen gemeldet hatte und natürlich dabei erklärte, dass mich so `n Bettler mit Piratenhut angerempelt hatte und ich kurz danach den Verlust bemerkte, machten die beiden Polizeibeamten keine langen Geschichten. „Ach der bekloppte Käpt`n Jack aus der Fußgängerzone? Alter Bekannter! Hat aber schon lange keine krummen Dinger mehr gedreht. Mr. Fletcher, wir machen uns sofort auf die Socken und greifen uns den Typen mal. Mal schauen, was er alles mit sich herumträgt und falls wir etwas entdecken - ihre Telefonnummer haben wir ja."

Ich bedankte mich artig und machte mich auf den Weg zum Esoterik Geschäft von Alison, denn einerseits musste ich jetzt sowieso erst mal abwarten was mit unserem Freund und der Polizei passierte, und zweitens, hatte ich unheimlich Lust der Schönen meine Aufwartung zu machen und ihr zu erzählen, was ich in den letzten beiden Tagen so erlebt hatte. Ich freute mich schon jetzt auf ihre erstaunten Augen und schätzte mal, dass ich nun als Profi Geisterjäger gehörig Eindruck schinden würde.

11

Als ich den Laden von Alison betrat, saß sie hinter ihrem kleinen Tresen und schmökerte in einem Buch. Als sie die kleinen Glöckchen über ihrer Tür hörte, schaute sie hoch und sah mich an. Ihr Blick glitt wie warmer Honig durch meinen Körper. Sie sah mal wieder umwerfend aus! Das Haar trug sie heute offen und es fiel ihr über die Schultern bis zum Ansatz ihres Busens. „Hallo Fletcher, schön dich wieder zu sehen. Du strahlst ja so, hat alles geklappt, und du bist die Seele losgeworden?"

„Nö, leider noch nicht, aber ich habe dir ne ganze Menge zu erzählen", erwiderte ich. Sie rückte schnell einen anderen Schemel an ihren Tresen und bestand darauf uns beiden einen Entspannungstee zu kochen. Nachdem sie den heißen Kräutertee vor mir auf dem Tresen abgestellt hatte, nippte ich an dem Getränk und fing an, ihr die ganze Geschichte - ab meiner kleinen Begegnung mit dem Richter, in schönen und äußerst spannenden Worten zu erzählen. Ab und zu kiekste sie auf und machte große

Augen. Ich mochte diese Regungen und wertete sie als Bewunderung für meinen Mut. Nachdem ich geendet hatte, schluckte ich den Rest Tee herunter und schaute sie an. Sie sagte erst mal gar nichts, sondern lehnte sich zurück und schloss die Augen. Ich grinste und wartete darauf, dass sie mir erzählte, was ich doch für ein mutiger und toller Mann wäre, aber stattdessen ...

„Sag mal Fletcher, bist du eigentlich von allen guten Geistern verlassen?“ Ich riss die Augen auf.

„Wie? Ist doch alles ganz okay gelaufen und ich bin jetzt auf dem richtigen Weg, oder nicht?“ Ich wusste gar nicht, warum sie so sauer war.

„Meinst du nicht, dass das alles eine Nummer zu groß für dich, für diese arme Seele Tom oder für mich ist? Aus meiner Erfahrung heraus kann ich dir nur sagen: Wenn man sich mit etwas so Bösem und Dämonischen, wie diesem Richter einlässt, kann das ganz schnell und sehr böse ins Auge gehen.“

Sie atmete tief durch und rollte mit den Augen. „Also pass mal auf! Erst einmal muss ich dir sagen, dass es die unwahrscheinlichste Story ist, die ich überhaupt je gehört habe, und ich habe hier schon eine Menge gehört!“

„Ja aber, du … “, fing ich an zu stottern. „Halt, lass mich bitte ausreden. Ich glaube dir! Denn ich schätze dich nicht als paranoiden Typ ein. Irgendwie hat die ganze Geschichte auch Hand und Fuß." Mir fiel ein Stein vom Herzen, denn wenn sie jetzt gedacht hätte, ich wäre so ein durchgeknallter Typ, der sich nur deshalb eine möglichst gruselige Geschichte ausgedachte um sie anzubaggern, wäre das ganz schön blöd für mich gewesen.

„Es gab natürlich in den letzten paar Jahren immer mal wieder so ´n paar Kerle, die dachten, sie könnten mich mit so einer Art Geschichte um den Finger wickeln und am besten gleich in ihr Bett kriegen, aber ich glaube, bei dir wird das nicht der Fall sein." Ich wusste jetzt nicht, ob ich über diese Aussage lachen oder weinen sollte.

Ich musste nach ihrer Äußerung schon ganz schön bedröppelt ausgesehen haben, denn sie meinte daraufhin: „Nun mal den Kopf hoch und lass uns überlegen, wie man in diesem sehr speziellen Fall vorgehen könnte, ohne in große Gefahr zu kommen." Sie stand auf, ging zu einem Regal, zog ein kleines Büchlein hervor und blätterte hin und her, bis schließlich … „Ah ja - da hab ich es, genau das habe ich gesucht. Angriffe und Abwehr von dämonischem Spuk."

„Wusste gar nicht, dass es darüber Bücher gibt", meinte ich und war echt ein wenig verwundert. „Kommt das denn öfter vor, Alison?" „Öfter, als so mancher glauben mag", antwortete sie. „Es gibt in der Geschichte immer wieder sehr schlimme Begegnungen mit Dämonen und in der Regel sind diese Attacken sehr brutal und äußerst gefährlich. Aber ich glaube, in deinem speziellen Fall haben wir ein wenig Glück, denn der sogenannte Richter scheint ja kein wirklicher Dämon zu sein, nur eine äußerst böse Seele, die durch irgendwelche Kräfte in der Lage zu sein scheint, die Umgebung und andere Seelen zu manipulieren und ihnen seinen Willen aufzudrücken. Soweit ich mich erinnere, ist es auf jeden Fall wichtig, seinen wahren Namen herauszufinden, denn wie uns die Geschichte lehrt, war es immer nötig, den Namen des jeweiligen Dämons zu kennen, um ihn zu besiegen."

„Verstehe ich jetzt nicht so ganz!", gab ich zögerlich zu.

Alison machte eine ungeduldige Geste. „Der Name hat eine große Kraft über unser Leben, mehr als so manche Menschen denken. Viele eingeborenen Stämme wissen bis heute, dass der Name eines Menschen große Macht über sein Leben hat, und geben deshalb ihren Kindern aussagekräftige Titel, die sie stark und kraftvoll machen sollen. Dein Name begleitet dich dein ganzes Leben und mit jeder Situation und mit jeder Wiederholung deines Namens, wird er stärker und machtvoller. In unserem speziellen Fall würde das heißen, wenn wir herausbekommen würden, wie der Richter in seinem wahren Leben geheißen hat, könnten wir diese Macht nutzen, um gegen ihn gewappnet zu sein. Wir würden so eine Art Schutzschild gegen ihn haben und ihn mit ein bisschen Glück, vielleicht auch ganz besiegen."

Ich war erstaunt über so viel Fachwissen, aber so fantastisch sich das auch alles anhörte, es machte Sinn. „Hast du ansonsten noch irgendwelche Hobbys Alison, so was wie Schuhe kaufen oder zum Friseur gehen?“ Ich grinste sie an.

„Pff, weißt du, das ist das Problem mit euch Männern. Ihr reduziert andere Menschen anhand von Geschlecht und Aussehen auf bestimmte Klischees. Wäre es dir lieber, ich wäre so ein graues Mäuschen, mit Kurzhaarschnitt und Nickelbrille? Würde ich dann besser in dein Bild passen?“ Sie zog verächtlich die Nase nach oben und schaute mich mit gerunzelter Stirn an.

„Das sollte jetzt eigentlich ein Kompliment sein, war nicht böse gemeint. Ich habe mich nur gewundert, wie viel du darüber weißt.“

„Schon gut, schon gut, aber ich beschäftige mich schon lange mit Phänomenen dieser Art, weil ich in ganz jungen Jahren selber damit zu tun hatte, aber das spielt jetzt erst mal keine Rolle. Wir sollten uns jetzt auf *diese* Situation konzentrieren und schauen, dass wir das Problem gelöst bekommen. Was hattest du denn nun als Nächstes vor?“

Ich seufzte, denn ich war gespannt, ob sie meine Pläne gutheißen würde. „Ich wollte jetzt eigentlich zur Bücherei, um herauszubekommen, was in früheren

Zeiten hier los war, um vielleicht auf diesem Wege die Lage dieses Kellergewölbes in Erfahrung zu bringen. Tom und ich nehmen an, dass dieses Gebäude etwas mit dem Richter zu tun hat. Vielleicht ist es sein Wohnhaus oder das alte Gericht."

Alison überlegte kurz. „Ja, der Ansatz ist schon mal gut, aber in der Bücherei wirst du wahrscheinlich nur allgemeine Infos zu dieser Stadt bekommen. Naja, schaden könnte es nicht da herumzuschnüffeln, aber ich habe eine bessere Idee!"

„Ja echt wirklich?" Ich war sehr erstaunt und wartete gespannt, was sie jetzt vorschlagen würde. „Ich kenne da einen alten Mann, er ist so um die Achtzig, der ab und zu als Kunde aufläuft. Er kauft immer ein paar Kerzen und plaudert gerne mit mir. So eine Art halb professioneller Geschichtsschreiber. Und er sagte mal, dass er zu Hause ein großartiges Archiv über die Stadt zusammengetragen hat. Ich würde ihn gerne aufsuchen und schauen, was er darüber zu erzählen hat. Mit seinen Informationen sind wir besser und schneller, als wenn wir die halbe Bücherei durchsuchen und das ist ganz wichtig. Wir können uns aufteilen und sind so noch effektiver." Es hörte sich sehr gut an, wenn ich auch gestehen möchte, dass ich mir gerade ausmalte, wie wir *beide* zu diesem alten Herrn schlenderten, dazwischen noch einen Kaffee zusammen tranken, ich dabei ihre Hand streichelte, sie mich dann anschaute und ... ach, lassen wir das jetzt.

Wir mussten diesem Spuk ein Ende bereiten. Danach wäre ja immer noch Zeit.

„Also, wie gehen wir nun vor Alison?“

„Ich werde mich jetzt auf den Weg zu diesem Herrn machen und du nimmst das hier.“ Sie drückte mir ein Gläschen mit einem roten Pulver in die Hand. „Und das.“ Es folgten ein Schälchen aus Messing und ein Beutelchen mit Sand und Kohle, eingewickelt in Alufolie. „Und nun gehst du direkt nach Hause, schüttest den Sand in das Schälchen, nimmst eine der Kohlen und zündest sie an. Wenn die Kohle glüht, streust du das rote Pulver darüber und lässt es verbrennen. Es wird starken Qualm erzeugen und mit diesem Schälchen gehst du durch deine ganzen Räume und räucherst sie richtig aus. Danach machst du alle Fenster auf und lüftest ordentlich.“

Verblüfft, mit halb offenem Mund und darauf bedacht, dass mir nichts von den ganzen Dingen aus den Armen rutschte, fragte ich: „Und was soll das dann ganz genau bringen?“

„Angeblich verscheucht diese Art Pulver alle negativen und dämonischen Energien und macht dein Haus rein. Naja, ich halt davon zwar nicht allzu viel, aber wie heißt es so schön: Versuch macht klug ... und du bist auf jeden Fall beschäftigt und stellst, solange ich unterwegs bin, keinen Blödsinn an. Übrigens: tu mir bitte den Gefallen und trink in der nächsten Zeit keinen Alkohol, wir brauchen unsere ganze Stärke gegen diese Type und können es nicht gebrauchen uns noch unnötigerweise zu schwächen. Versprich es mir bitte Fletcher!“ Sie packte mich mit beiden Händen an den Schultern und schaute mir mit strengem Blick genau in die Augen. In diesem Moment hätte ich ihr alles versprochen. Ich wäre für sie splitterfasernackt durch meine Wohnung spaziert und hätte einem lebendigen Hahn vor dem offenen Fenster eigenhändig alle Federn ausgerupft und sie dann in mein Haar gesteckt. Dagegen war das mit dem Räucherkram und dem Alkohol doch ein Klacks.

„Geht in Ordnung Alison, mach ich“, stotterte ich.

„Gut. Ach, du hast doch bestimmt ein Handy, oder?“

„Jep - hab ich.“

„Gut, gib mir bitte mal schnell deine Nummer. Sobald ich etwas herausgefunden habe, rufe ich dich an.“

Ich nannte ihr meine Nummer und bat sie gleich noch um ihre. „Sorry Fletcher, aber ich besitze so ein Teil nicht und habe auch nicht vor mir eins zuzulegen. Ich werde dich ganz normal von einem Telefon aus anrufen.

„Und wie ist das jetzt mit deinem Laden?“ Ich schaute mich um, denn es war noch früh am Morgen und es würden bestimmt Kunden kommen. „Kein Problem, ich hänge einfach dieses kleine Schildchen an die Tür.“ Sie zeigte mir das „bin gleich wieder da Schildchen“. „Meine Kunden sind sehr verständnisvoll. Wir sind da alle recht flexibel. Ich hole das heute Abend wieder rein und lasse meinen Laden so lange auf, bis alle das haben, was sie brauchen.“

Ich zuckte mit den Achseln und war verblüfft, wie spontan diese Frau war. Ich hatte schon einige Frauen in meinem Leben kennengelernt, aber so eine wie Alison noch nie und ich muss sagen, es gefiel mir sehr, sehr gut.

Laut seufzend schob ich mich, mit dem Arm voller Dämonenvernichtungswaffen aus dem Laden, dicht gefolgt von Alison. Auf der Straße hielt sie mich noch mal am Arm fest, schaute mir tief in die Augen und sagte: “Mach bitte genau das, was ich dir gesagt habe und versprich mir, dass du keine Alleingänge mehr unternehmen wirst.“ „Ich versprech´s dir. Ganz dickes Geister-Jäger Ehrenwort.“ Dabei legte ich feierlich zwei Finger auf mein Herz. „Danke Fletcher, du bist ein Schatz“, sagte sie, küsste mich auf die Wange und lief mit wehenden Haaren und wippendem Po die Straße herunter. Ich stand eine gefühlte halbe Stunde immer noch auf der Straße und schaute in die Richtung, in die sie gerade verschwunden war. Meine Wange brannte heiß und lichterloh; meine Beine fühlten sich an wie Gummi. Ganz in Gedanken versunken stand ich da, als eine Stimme zu mir sagte: “Hören sie mal guter Mann, ich bin ja schon alt und hab es nicht besonders eilig, aber meine Blase ist klein und die nächste Toilette noch weit. Ich würde gerne mal vorbei.“ Ein hutzeliges Männlein mit einer LKW-großen Gehilfe stand neben mir und kam nicht vorbei, weil ich den ganzen Bürgersteig einnahm. „Oh - sorry, hab gerade an was gedacht.“ Ich hüpfte vollgepackt mit den Utensilien auf Seite und machte Platz, damit er mit der Geschwindigkeit einer mittelgroßen, fast ausgewachsenen Rennschnecke vorbeitapern konnte.

Er zwinkerte mir mit einem Auge zu und meinte: “Und ich kann mir fast vorstellen an was sie gedacht haben.“ Er stieß ein meckerndes, aber nicht gänzlich unsympathisches Lachen aus und schüttelte sich dabei.

War ich wirklich so leicht zu durchschauen? Ich für meinen Fall hatte auf einmal wunderbare Laune und ging pfeifend zu meinem Wagen, wo ich soeben noch mitbekam, wie meine schon bekannte Knöllchen-Fee mir einen weiteren Wisch unter den Scheibenwischer heftete. Sie sah mich und grinste schadenfroh. „Herzlichen Dank schöne Frau!“, rief ich.

„Kein Thema junger Mann. Mach ich doch gerne! Und wie ich höre, sind sie ja - Gott sei Dank - auch von ihrem Leiden erlöst.“

„Bitte was?“, stammelte ich. „Na ich meine ihr Tourette, Blödian.“

Ach ja. Aber selbst das tat meiner guten Laune keinen Abbruch. Ich steckte das Knöllchen feixend in meine Tasche und warf meine Mitbringsel auf den Rücksitz. Ein, zwei Mal beim Ausparken hin und her geschaukelt, und mit fast voll aufgedrehtem Radio und laut mitsingend, ging es heimwärts.

12

Zu Hause angekommen warf ich meine gesammelten Werke erst mal auf den Tisch. Ich öffnete das Glas mit dem roten Pulver und steckte meine Nase ein wenig zu tief hinein, denn das feine Pulver entdeckte den Weg in meine Nase und ein mittelgroßer Niesanfall lies mich fast das Pulver verschütten. Ich konnte noch gerade meine andere Hand darüber halten und wartete, bis der Anfall vorbei war. „Das riecht ja scheußlich." Ich stellte das Glas wieder auf den Tisch und wischte mir mit dem Handrücken die tränenden Augen trocken. Also, wenn das nicht gegen Dämonen wirkt, bin ich auf jeden Fall alles Ungeziefer los, was hier so lebt.

Fröhlich machte ich mich nun an mein Werk und es war mir dabei leicht feierlich zumute. Erst füllte ich den Sand in das Schälchen und drapierte darauf eines der Kohlenstücke. Natürlich saute ich mir die Hände ein und wischte sie einfach an meiner eh schon reichlich schmuddeligen Jeans ab. Mit dem Feuerzeug entzündete ich die Kohle, die erst rot glühte und dann langsam weiß wurde. Nun war der Zeitpunkt wohl richtig und ich schüttete etwas von dem Pulver darüber. Sofort setzte eine starke Qualmentwicklung ein, die mit dem Geruch von verbranntem Gummi einherging. Mit weit ausgestreckten Armen und angehaltener Luft ging ich alle Räume mit dem qualmenden Schälchen ab, bis mir die Augen schmerzten und ich kaum noch Luft bekam. Gerade noch konnte ich das Schälchen auf dem Tisch absetzen und riss eines der Fenster weit auf. Ich streckte meinen Oberkörper so weit aus dem Fenster, dass ich bald herausgefallen wäre, und zog die frische Luft begierig in meine Lungenflügel. Mein Gott, diesen Gestank bekomme ich doch im Leben nicht mehr aus der Hütte, dachte ich noch, und drehte meinen Oberkörper wieder so weit herum, dass ich in meinen Raum sehen konnte.

Immer noch zogen rot - schwarze Rauchschwaden durch die Räume. Das müsste genügen! Ich hielt wiederum die Luft an und rannte durch die Wohnung, um auch die anderen Fenster schnellstens zu öffnen. Es dauerte eine ganze Weile, bis man wieder einigermaßen vernünftig Luft bekam, aber ich hatte immer noch einen schäbigen Geschmack auf meiner Zunge und mein Hals brannte und kratzte. Ob Alison wohl wusste, welche Wirkung das Mittelchen hatte?

Mich beruhigte es aber trotzdem, dass ich nicht untätig herumsaß, sondern selber etwas gegen den Richter bewerkstelligen konnte, denn ich wollte unter allen Umständen verhindern, dass er mir in meiner eigenen Wohnung auf die Pelle rückte.

Da ich ja dem Alkohol für eine gewisse Zeit abgeschworen hatte, holte ich mir ein frisches Glas aus einem der Schränke und füllte es mit leckerem Kranwasser. Ich glaube, ich hatte zuletzt als Kind ein Glas Kraneberger getrunken, musste aber feststellen, dass es eigentlich ganz lecker und erfrischend war. Ich leerte das Glas komplett und setzte es bei der Spüle ab, als mein Handy anfing zu klingeln.

„Ah mein Schätzchen ruft an“, frohlockte ich, stürzte zu meiner Jacke und riss den kleinen Quälgeist aus der Brusttasche.

„Na meine Schöne, was gibt’s Neues an der Geisterfront?“, quatschte ich ins Mikro.

„Ähm, Mr. Fletcher?“, meldete sich eine brummelige und sonore Männerstimme. Ich zuckte zusammen und verzog mein Gesicht. „Ja ... am Apparat.“ Verdammt der musste mich ja nun auch für ´n Vollpfosten halten. „Polizeiwache, Officer Underwood. Es geht um ihre, als gestohlen gemeldete Brieftasche.“

Na nun wurde es spannend. Ich drückte mir selber fest beide Daumen. „Haben sie etwas herausgefunden, Officer?“

„Wir haben die tatverdächtige Person aufgegriffen und durchsucht. Er hatte tatsächlich ihre Brieftasche dabei, aber er selbst tat sehr überrascht und meinte, er wisse nicht, wie sie in seine Tasche geraten ist. Natürlich kennen wir diese Ausreden, aber der Beweis ist zu eindeutig. Ich möchte nun gerne, dass sie zu mir auf die Polizeiwache kommen und ihre Geldbörse abholen. Des Weiteren brauchen wir ihre Auskunft, ob sie Strafanzeige gegen die Person erstatten wollen.“

„Was passiert denn jetzt mit dem Mann?“ Das war ja das Wichtigste in dem ganzen Fall.

„Tja, also wenn sie Anzeige erstatten, wird der Fall weiter an die Staatsanwaltschaft gegeben und die entscheidet, ob es ein Gerichtsverfahren gibt oder die Sache wegen Geringfügigkeit eingestellt wird. Im schlimmsten Fall wird er ein paar gemeinnützige Stunden absolvieren, denn eine Geldstrafe wird bei seinem Lebenswandel nicht sehr viel bringen.“

„Wo befindet sich der Mann denn jetzt?“, wollte ich wissen. „Tja wir mussten ihn erst mal wieder auf freien Fuß setzen, da wir ihn wegen Geringfügigkeit nicht weiter festsetzen konnten.“

„Sie haben was?“, keuchte ich ins Telefon. „Hören sie mal guter Mann, der Typ, ist `n gerissener Dieb und sie lassen ihn einfach wieder laufen? Das darf doch wohl alles nicht wahr sein!“, schnaubte ich in den Hörer.

„Nun mal nicht aufregen Mr. Fletcher. Glauben sie mir, wir kennen den Typ. Ab und zu macht er halt so ´n krummes Ding, aber er ist bestimmt keine Gefahr für die Allgemeinheit. Wir reden hier von einem Obdachlosen und nicht von einem geistesgestörten Massenmörder.“ „Wenn sie wüssten!“, dachte ich mir.

„Ach ja, bevor ich es vergesse: Er sagte beim Abschied, dass er sich in Kürze auf jeden Fall bei ihnen ganz persönlich entschuldigen will.“ Mir rutschte das Herz in die Hose, mein ganzer schöner Plan schien nun nach hinten loszugehen und nun hatte ich das Albtraum-Duo erst recht gegen mich aufgebracht. „Ja, okay“, stotterte ich noch in den Hörer und legte auf.

Ich lies mich auf meinen Küchenstuhl sinken und blickte im Zimmer umher. Verdammt, was sollte ich denn nun machen? Wenn Alison wenigstens mal anrufen würde, vielleicht wusste sie, was in diesem Fall getan werden sollte. Wahrscheinlich würde sie mir den Kopf waschen und mir erklären, dass es meine eigene Schuld wäre und ich vorher erst mal etwas länger hätte überlegen sollen. Argh, ich war so eine Flasche! Es hätte mir doch klar sein müssen, dass ein einfacher Diebstahl nicht ausreichen würde, ihn längere Zeit festzusetzen und nun hatte ich mitten ins Wespennest gestochen. War ja nun nur noch eine Frage der Zeit, wann die Herrschaften anrückten.

Mit dem Bettelprinzen würde ich noch fertig werden, aber wenn er den wandelnden Rauchschwaden mitbrachte, war ich aufgeschmissen. Es sei denn, das Gummi-Aroma in meinem Haus würde ihn schachmatt setzen.

Ich zerfloss gerade in Selbstmitleid, als Tom begann, sich vor mir zu materialisieren.

„Na alter Junge!“, fing er an, „meine Fresse, siehst du beschissen aus! Was ist dir denn über die Leber gelaufen?“

Ich erzählte ihm im Detail, was am frühen Morgen alles passiert war und als ich geendet hatte, schüttelte er den Kopf und meinte: “Mein lieber Herr Gesangsverein, da hast du uns aber einen schönen Mist eingebrockt! Hatte ich dir nicht gesagt, wir sollen nicht auffallen und uns beherrschen? Ganz stinkheimlich unsere Vorbereitungen treffen? Nun hast du die beiden so was von in Alarmbereitschaft versetzt! Mann Fletcher, überleg doch mal, bevor du etwas machst.“

„Hast ja Recht“, entgegnete ich ihm müde. „Aber ich hoffe doch mal, dass dieses Qualm-Ritual etwas bringen wird.“

„Na klar Fletcher, ganz großes Kino kann ich da nur sagen! Hast du denn wenigstens bemerkt, dass es für mich kein Problem darstellt, hier bei dir zu sein?“

„Ja, aber du bist ja auch nicht gerade ein dämonisches Wesen oder Tom?“

„Das ist doch völlig Schnurz-Piep egal! Geister, ob jetzt gut oder böse, kannst du auf dieser Ebene gar nicht treffen. Ich meine mit irgendwelchen Gerüchen oder so. Zwar sehe ich in meiner Geistergestalt aus wie eine ganz normale Person, also so mit Armen, Händen, Ohren, Nase und Augen, aber bei uns spielt sich alles auf einer ganz anderen Ebene ab.“

„Äh“, war das Einzige, was ich heraus bekam, denn ich verstand gerade nur Bahnhof.

„Zum Beispiel, das Riechen. Dafür braucht man bestimmte Rezeptoren, die alles an das Gehirn übertragen. Das Gehirn sagt dir dann, was es ist, ob etwas für dich gut oder schlecht riecht. Nun, wir Geister sind ja nicht mehr physisch. Null Rezeptoren, null Gehirnmasse.“ Ich schaute auf.

„Sag` jetzt nichts Falsches, Bruder!“ Ich grinste nur. „Was ich dir damit sagen will, ist, dass wir unsere Umgebung - sagen wir mal - erinnern. Also, wenn ich eine Blume sehe, kann ich mich an den Geruch erinnern und so bekomme ich meine Infos. Wenn du hier in meiner Abwesenheit Parfüm verströmen würdest und ich habe das nicht mitbekommen, würde ich es gar nicht bemerken. Verstehst du?“

„Das heißt im Klartext, dem Richter, ist es völlig lutsche, ob ich hier Autoreifen verbrenne oder mit Rosen nach ihm werfe, stimmt doch oder?“

„Du hast es erfasst, Blitzbirne!“ Er seufzte und glotze mich nur an. „Wir können mittlerweile echt nur hoffen, dass wir möglichst schnell herausfinden, wo dieser Keller liegt und das wir dann diesen Hammer so schnell wie möglich zerstören können. Auf jeden Fall würde ich dir raten, dich darauf gefasst zu machen, dass der Richter dir bald einen Besuch abstattet.

„Verdammt Tom - was soll ich denn gegen den machen? Genauso gut kann ich mich doch draußen mit der Luft prügeln. Es muss doch etwas geben, das gegen - entschuldige bitte, Geister hilft.“

„Sorry Alter, da bin ich jetzt gerade etwas überfragt. Wir können nur hoffen, dass deine kleine Freundin etwas herausfindet und wir damit weiterkommen.“ Er hatte diesen Satz noch vollendet, als Tom begann, an der Rückseite auszusehen, als würde er wie ein Kaugummi gezogen. „Verdammt Fletcher, er ruft mich! Hör zu, du musst schnell sein.“ Das war das Letzte, was ich noch hörte, bevor er sich ganz auflöste. Verdammt! Der Richter hatte eins und eins zusammengezählt und begonnen zurückzuschlagen! Er würde Tom nun sicher in die Mangel nehmen und - weiß Gott, was - mit ihm veranstalten.

Momentan war ich echt verzweifelt und starrte auf mein Handy, das ich immer noch in der Hand festklammerte, und hoffte inständig, dass sich Alison bald meldete.

13

Mitten in der Nacht wachte ich auf. Verdammt noch mal, ich musste eingedöst sein! Ich rieb mir mit beiden Händen mein Gesicht und dachte nach. Gedanken schwammen in meinem Gehirn, wie Rosinen in einem Wackelpudding. Alison!, ich zuckte unwillkürlich zusammen und suchte nach meinem Handy. Hatte es geläutet und ich hatte es nicht gemerkt? Ich fand es schließlich unter dem Sessel, in dem ich eingenickt war. Es musste mir im Schlaf aus der Hand gerutscht sein und ich hatte es mit meinem Fuß unter das Sitzmöbel gekickt. Ich kramte es hervor und starrte auf die Anzeige: Dunkel! Der Akku war leer und ich fluchte durch zusammengebissene Zähne. Ich stolperte durch das Halbdunkel meiner Wohnung und knipste das Licht an. „Argh", das Licht lies meine Augen schmerzhaft brennen und ich musste sie eine Zeitlang zusammenkneifen. Fieberhaft suchte ich dieses vermaledeite Aufladekabel.

Was war, wenn sie mich versucht hat, anzurufen und ich es nicht gemerkt habe? Vielleicht hatte sie schon etwas herausgefunden? In einer der Schubladen fand ich endlich das Kabel. Mit zitternden Händen schaffte ich es, das Kabel in die Buchse des Telefons einzustecken. Ich beobachtete die Ladeanzeige mit nervöser Ungeduld und trommelte mit den Fingern auf der Arbeitsplatte herum. „Los schneller, du blödes Teil.“ Warum hatte ich daran gestern nicht gedacht und mal nachgeschaut, wie viel Saft das olle Ding noch hatte? Naja, der Drops war gelutscht und ich musste halt warten.

Ich hielt es nicht länger aus, zu warten und schaltete das Handy ein.

Mir war klar, dass wenn es zu wenig Ladung hatte, es sich sofort wieder ausschalten würde, aber - verdammt noch mal - ich musste es jetzt einfach wissen.

Endlich leuchtete das Display grün auf und wählte sich ins Netz. Jetzt konnte es nicht mehr lange dauern und es würde mir verraten ob, und wer, mich versucht hatte zu erreichen. Ungefähr zehn Minuten stand ich da und lies die Anzeige nicht aus den Augen aber, nichts tat sich! Na komm schon, das kann doch gar nicht sein!

Ich rüttelte und schüttelte das vermaledeite Ding, als könnte ich es nach alter amerikanischer Befragungsart unter Druck setzen und so Informationen aus ihm rauszwingen. Aber, so sehr ich das Plastikteil auch in die

Mangel nahm, null Regung. Das konnte also nur heißen, dass Alison mich *nicht* versucht hatte anzurufen, was ich mir aber nicht vorstellen konnte. Denn selbst wenn sie keine Infos über unseren Freund bekommen hätte, so glaubte ich, hätte sie es mir mitgeteilt. Oder ich Hornochse hatte ihr ne ´n schönen kleinen Zahlendreher mitgegeben, als ich ihr meine Telefonnummer gab.

Ich schmiss das Telefon zurück auf die Arbeitsplatte und massierte meinen Nacken. Was sollte ich nur tun? Ein Blick auf meine Uhr an der Wand verriet mir, dass wir zwei Uhr in der Nacht hatten. Alison würde sich wohl kaum noch in ihrem Laden aufhalten. Ich war also dazu verdammt, bis zum Morgen auszuharren. Da ich aber keine große Lust hatte mich ins Bett zu legen, setzte ich mich wieder angezogen auf meinen Sessel und starrte unablässig zu der Uhr und dann wieder zum Handy - was sich still und leise - den Strom in ihr Bäuchlein nuckelte.

Immer wieder fielen meine Augen zu und ich schreckte fast panisch aus diesem Sekundenschlaf hoch. Nein, ich wollte nicht im Schlaf von dem Richter überrascht werden! Wenn schon, wollte ich es von Anfang an mitbekommen, wenn er hier auftauchte. Ich rechnete fest damit, dass er sich die Gelegenheit nicht durch die Lappen gehen lassen würde, mir einen Besuch abzustatten.

Hoffentlich war es Tom nicht zu schlecht ergangen. Ob er wohl was ausgeplaudert hatte? Nein, ganz bestimmt nicht. So wie ich ihn bisher kennengelernt hatte, würde er dem Richter nur sagen, dass er ihm mal ganz gepflegt den durchsichtigen Hintern küssen könnte.

Aber was war mit Alison passiert? Darauf konnte ich mir momentan keinen Reim machen, denn sie hätte so oder so versucht, mit mir Kontakt aufzunehmen.

So vergingen die Stunden, scheinbar endlos und zäh, mit den verschiedensten Gedankengängen, die mich aber auch keinen Schritt weiterbrachten.

Irgendwann brach Sonnenlicht durch meine Fenster. Verblüfft stellte ich fest, dass es schon kurz nach sieben Uhr war.

Fast war ich ein wenig enttäuscht, dass sich in dieser Nacht nichts weiter abgespielt hatte. Diese scheinbare Ruhe war für mich fast noch schlimmer, als eine Begegnung mit diesem Erzhalunken.

Hatten mich die letzten Tage wirklich so verändert? Bis vor ein paar Tagen hätte ich über solche Geschichten nur müde gelächelt und dem Erzähler eine Unterhaltung mit einem Nervenarzt empfohlen. Mittlerweile hatte mich aber so etwas Ähnliches wie Jagdfieber gepackt. Ich wollte diesem mistigen Kerl einfach das Handwerk legen und Tom helfen, sich aus dieser bescheidenen Lage zu befreien.

Die Angst, die ich am Anfang gespürt hatte, wandelte sich bei mir immer mehr zu blanker Wut. Eilig zog ich mir die Jacke über, griff mir das Handy und zog es beim Weitergehen einfach vom Kabel ab, dass nun zurückgelassen, traurig über der Kante baumelte.

Meine Hände fuhren über die Jacke und ich machte eine schnelle Bestandsaufnahme: Brieftasche? Check. Schlüssel? Check. Zigaretten? Check. Autoschlüssel? Jep, alles an Bord!

Ich rannte förmlich aus meiner Wohnung und sprang wie ein Schüler die Treppenstufen herab zur Eingangstür, an der mein leicht dementer Nachbar gerade versuchte, die Tür mit seinem Schlüssel zu öffnen. Als er mich die Treppe runterkommen hörte, drehte er sich zu mir um. „Hallo Herr Nachbar, schöner Tag heute. Sagen sie mal, kann es sein, dass irgendjemand unser Schloss ausgetauscht hat? Ich bekomme dieses verflixte Ding einfach nicht auf." Wenn man ihn so sah, tat er einem leid. Das Gesicht nur halb rasiert, seine glasigen, hellblauen Augen schauten leicht tränend. Er schien ziemlich auf sich allein gestellt zu sein. In der ganzen Zeit hatte ich noch nie jemanden den alten Herrn besuchen sehen. Lieber Gott, hoffentlich ende ich niemals so, dachte ich. „Sie brauchen gar nicht aufschließen Mr. Brooks, einfach nach innen aufziehen, nicht drücken.“ Ich zeigte ihm die richtige Richtung wie einem Kleinkind. Irgendwie schaute er in diesem Moment sehr beschämt drein.

Fast konnte ich sehen, was sich in seinem Gehirn gerade abspielte. Es war traurig. „Oh vielen Dank, da liegt also der Fehler. Na, nun will ich sie aber nicht mehr lange aufhalten.“ Er zog die Tür auf und meinte: “Nun hopp hopp, und noch einen schönen Tag.“

Ich wollte mich an ihm vorbeischieben, aber in diesem Moment packte er mich mit einer Hand an der Schulter. “Wissen sie, dass meine liebe Frau vor ein paar Jahren verstorben ist?“ Ich schaute ihn an. “Nein Mr. Brooks, das wusste ich nicht. Das tut mir sehr leid.“ Lange schauten seine wässrigen Augen in meine. „Mr. Fletcher, pssst!“ Er drehte sich nach links und rechts, als würde er nachschauen, ob jemand anderes da wäre. „Sie besucht mich aber immer wieder.“ Vor ein paar Tagen hätte ich nach dieser Aussage seinen Hausarzt aufgesucht, so aber blieb ich einfach erstaunt stehen und starrte ihn an. „Wirklich Mr. Brooks? Das ist doch schön, oder?“ „Ja eigentlich schon. Sie sieht immer so jung und frisch aus, aber und das ist nicht so schön, sie ist unglücklich. Sie erzählt immer wieder, dass sie nicht weitergehen kann, dass sie hier von jemandem gefangen gehalten wird.“

Ich horchte auf, dann war die Frau dieses armen Kerls also auch in die Fänge des Richters geraten. Meine Fingerknochen knackten, als ich meine Hand zu einer

Faust ballte. Dieses miese Dreckschwein! Ich musste ihn einfach überlisten, um diesen ganzen Seelen zu helfen. „Sie wundern sich wahrscheinlich Mr. Fletcher, warum ich ihnen das erzähle. Sie glauben bestimmt, der alte Herr ist nicht mehr ganz richtig im Oberstübchen."

„Aber Mr. Brooks, ich bitte ..." „Nein nein, lassen sie mich ausreden, ich sage ihnen das aus einem ganz speziellen Grund. Meine Frau hatte mir gestern aufgetragen, *Ihnen* etwas zu sagen! Sie wüssten schon Bescheid und noch etwas Weiteres, was für sie sehr, sehr wichtig wäre.

„Und das wäre was, Mr. Brooks?"

„Ich konnte damit nichts anfangen, aber es schien ihr so wichtig zu sein und für meine liebe Frau mache ich halt immer alles. Sie trug mir auf, ihnen zu sagen: "Er hat sie alle beide!"

Er hat sie alle beide! Mir lief es eiskalt durch den Körper. Das konnte nur bedeuten, dass der Richter nicht nur Tom in seiner Gewalt hatte, sondern, dass er auch in der Lage war, Alison zu verschleppen. Wahrscheinlich mit Hilfe seines Spießgesellen. „Aber Mr. Fletcher, bitte behalten sie das alles für sich, bitte, wenn das jemand anderes hört, dann schicken sie mich in ein Heim."

„Mr. Brooks, keine Angst ich glaube ihnen und ich bin ihnen sehr dankbar, dass sie mich angesprochen haben."

„Sie glauben mir wirklich? Ich hatte ja so eine Angst, aber es war so eindringlich, was meine Frau sagte, deshalb und nur deshalb, sprach ich sie darauf an.“

„Wie gesagt, Mr. Brooks, sie haben das Richtige getan und ich verspreche ihnen, ich werde alles tun, damit es ihrer Frau auch bald schon besser geht.“

„Das wäre sehr schön. Aber tun sie mir einen Gefallen: Passen sie auf sich auf.“

„Das werde ich Mr. Brooks, und jetzt muss ich leider ganz schnell weiter. Ich habe da ein paar extrem wichtige Dinge zu erledigen. In den nächsten Tagen werde ich mal vorbeischauen und wir reden darüber, wenn sie Lust haben.“

„Ja das wäre schön.“ Ich löste mich aus der halben Umarmung des Mannes und jagte über den Bürgersteig zu meinem Wagen. Mit zitternden Händen schloss ich das Auto auf und warf mich in den Sitz. Irgendwie war mir auf einmal fürchterlich schwindelig nach allem, was ich soeben gehört hatte. Ich starrte noch kurz auf das Armaturenbrett, drehte dann aber mit grimmiger Miene den Schlüssel im Schloss und startete den Wagen. Mit quietschenden Reifen schoss ich aus der Einfahrt. Mein Nachbar stand noch immer vor der Haustür und winkte mir mit einer Hand nach. Ich streckte die Hand zum Gegengruß und machte mich auf dem Weg in die Stadt. Wo genau sollte ich jetzt ansetzen? Eins war gewiss: Der

Richter hatte einen großen Fehler gemacht. Nicht nur, dass er all die ganzen Seelen quälte, nein, er hatte mir Alison weggenommen und da hörte der Spaß ganz eindeutig auf! In Gedanken stellte ich mir vor, was für schlimme Dinge ich mit dem Richter und seinem bescheuerten Spielzeug-Piraten anstellen würde. Ich war so sauer, wie schon lange nicht mehr in meinem Leben.

14

Der Verkehr heute, war mal wieder zum aus der Haut fahren. Jede Ampel zeigte rot und die Straßen waren verstopft mit Lastkraftwagen. Nervös trommelten meine Finger auf dem Lenkrad und bei jeder grünen Ampelphase, trat ich das Gaspedal bis zum Anschlag durch. Tausend Gedanken polterten durch meinen Kopf. Wie sollte ich es nur alleine schaffen, den Richter auszutricksen und die beiden zu befreien? Wo hielten sie sich jetzt auf? Mir fehlte der Ansatzpunkt und das machte mich fertig.

Endlich war ich im Stadtzentrum angelangt und parkte meinen Wagen in der Nähe von Alisons kleinem Laden. Ich wusste zwar, dass ich sie da höchstwahrscheinlich nicht antreffen würde, aber ich wollte mich selbst davon überzeugen. Mit klopfendem Herzen ging ich die Straße herab auf ihren Laden zu. Schon von weitem konnte ich das dunkle Schaufenster von ihrem Laden erkennen. Das bisschen Hoffnung, was ich noch in mir trug, verschwand nun endgültig und eine große Hoffnungslosigkeit machte sich in mir breit. Vielleicht wäre es die einzige Lösung, wenn ich meine Sachen packte und von hier verschwand. Es könnte ja sein, dass es dem Richter genügte, wenn ich seinem Rat folgte und mich aus der Sache zurückzog. Eine kurze Zeit stand ich so grübelnd vor dem Schaufenster, als mich jemand von hinten ansprach. „Alison scheint nicht da zu sein, so wie es ausschaut, hm?“ Langsam drehte ich mich um und vor mir stand ein älteres graues Männlein mit Ziegenbart und dicker Hornbrille. Er trug einen alten grauen Mantel und einen Spazierstock, auf den er sich leicht abstützte. Unter seinem rechten Arm hatte er ein kleines Bündel geklemmt. Er schaute geradewegs an mir vorbei, um in den Laden blicken zu können. Ich räusperte mich kurz und fragte dann: “Sie ist heute noch etwas unterwegs, sie ist eine Freundin von mir, Fletcher mein Name. Kann ich ihnen vielleicht helfen, Mister ...?“

„Welch, Mr. Fletcher. Ich bin auch ein guter Bekannter von Alison und sie hat mir gestern von ihnen erzählt. Sie meinte, sie würden über diesen Ort recherchieren und sie benötigen Auskunft, ob es in sehr frühen Jahren hier einen Richterhof oder so etwas Ähnliches gegeben hat.“ Eine nervöse Unruhe überkam mich. Das musste dieser Geschichtsschreiber sein, den Alison gestern noch aufsuchen wollte. Er musste der Letzte gewesen sein, der sie noch gesehen hatte, bevor sie verschwand. „Ja genau, Mr. Welch, Alison hatte sich angeboten, gestern mit ihnen Kontakt aufzunehmen, weil ich die Informationen schnellstens benötige."

Er schaute mich durch seine dicke Brille an und musterte mich genauestens. „Wofür brauchen sie diese konkreten Informationen denn genau Mr. Fletcher? Sind sie Reporter oder Schriftsteller? Wissen sie, die meisten Menschen interessieren sich ja heutzutage gar nicht mehr, was früher mal alles geschehen ist. Die meisten sind nur noch flach und oberflächlich und spielen lieber auf ihren Handys herum, als ihre Nase noch in ein Buch zu stecken, obwohl es doch jeden wachen Geist erfrischen würde, mehr über sich selbst oder die Vergangenheit zu erfahren. Naja sei´s drum. Alison und ich haben gestern mein komplettes Archiv bis spät in den Abend auf den Kopf gestellt. Ich hatte mich schon gewundert, warum sie so energisch diese Quelle sucht. Wir hatten auch schon den einen oder anderen Bericht gefunden, aber sie bestand darauf, auch unbedingt den Namen von zutreffenden Menschen herauszubekommen. Was natürlich desto weiter ein Ereignis zurückliegt, nicht ganz so einfach ist."

„Und haben sie die Daten, die wir benötigen? Haben sie einen Richter gefunden, der hier vor langer Zeit tätig war und der im Ruf stand grausam vorzugehen?" Vor Nervosität pulsierten meine Adern am Kopf.

„Ich habe einiges aus der Zeit des 18ten Jahrhunderts. Manche Quellen geben Aufschluss darüber, dass zwischen 1756 und 1773 statistisch gesehen mehr Todesurteile ausgesprochen wurden, als sonst davor oder danach."

„Nach genau so etwas haben wir gesucht. Und wer war der Mann, der diese Urteilssprüche verhangen hat?"

„Nun mal langsam, wie gesagt, wir hatten die Jahreszahl, aber nicht, wer zu der betreffenden Zeit hier Richter oder auch Dorfsprecher war. Es war damals nämlich üblich beide Ämter innezuhaben. Es war wie verhext, aber keine meiner Listen und Aufzeichnungen zeigten für die fragliche Zeit an, wer dafür in Amt und Würden war und das ist zugegeben, mehr als seltsam, weil die Dokumente bis davor und auch danach lückenlos sind."

Der Richter hatte scheinbar dafür gesorgt, dass er nicht aufzufinden sein würde. Deshalb war es um so wahrscheinlicher, dass die Aussage von Alison zutreffend sein konnte, dass wenn man seinen Namen kennen würde, man eine gewisse Macht über ihn hatte.

„Also, sind wir jetzt genau so weit wie vorher, nur das wir nun wissen, wann das Ganze geschehen ist", entgegnete ich. Resignierend ließ ich meine Schultern hängen.

„Na nun reißen sie sich aber mal zusammen, junger Mann." Er tätschelte meinen Arm und schaute mich amüsiert an. „Sie tun ja gerade so, als würde das Leben von Menschen davon abhängen, diesen Namen herauszubekommen.“ Wie gerne hätte ich ihm die ganze Story erzählt um ihn selber davon zu überzeugen, wie wichtig diese Informationen wären, aber ich traute mich nicht, denn wenn Alison ihm nichts weiter davon erzählt hatte, so hatte das höchst wahrscheinlich seine Gründe und ich wollte nicht Gefahrlaufen unsere einzige Quelle zu verschrecken.

„Aber“, er rückte seine Brille mit einem Finger wieder fest gegen seinen Nasenrücken, “nachdem Alison gestern gegangen war, fiel mir ein, dass unsere Kirche ein hervorragendes Verzeichnis über die verschiedenen Würdenträger unserer Stadt besitzt. Ich bin heute Morgen also als Allererstes zu meinem guten Freund, dem Pfarrer gegangen und habe ihn gebeten, mich doch einmal das Archiv durchsehen zu lassen. Natürlich war er einverstanden und so beteiligte er sich an der Suche und was soll ich ihnen sagen?“ Ich packte das Männlein und schüttelte ihn leicht an den Schultern. „Sie haben etwas herausgefunden, oder?“ Ich betete, dass es so war. „In der Tat mein Freund.“ Er strahlte mich an wie ein Kind, das eine Eins in Mathe mit nach Hause gebracht hatte. „Hier unter meinem Arm habe ich das Verzeichnis mit Namen und Rang der betreffenden Personen, gänzlich vollständig. Ich bin dann heute Morgen sofort los und wollte Alison die freudige Nachricht überbringen, aber wie man sieht, ist sie noch nicht da.

Wissen sie, wann sie wieder zurückkommt, Mr. Fletcher?“

Ich überlegte fieberhaft. Ich musste dieses Buch unbedingt in meinen Besitz bringen. Aber würde er es einem Wildfremden überlassen? „Ja, äh, deshalb habe ich ja hier auf sie gewartet, Mr. Welch.“

„Ach ja, tatsächlich?“, antwortete er mir ein wenig zu misstrauisch. „Ja sehen sie. Alison hat sich bei mir gestern noch gemeldet und mir berichtet, dass sie scheinbar noch etwas in der Hinterhand haben könnten und da sie heute noch einen Arzttermin hätte, könnte ich doch hier warten, und dann sollte ich die Informationen von ihnen entgegennehmen.“ Ich setzte mein gewinnbringendstes Lächeln auf und strahlte ihn an. Misstrauisch beäugte mich das Männlein durch seine Brille.

„Hm, irgendwas scheint doch hier nicht mit rechten Dingen vonstattenzugehen. Das scheint mir alles ein wenig unplausibel, was sie mir hier auftischen. Ich glaube, ich geh jetzt erst mal nach Hause und komme morgen noch mal vorbei und werde die Sache mit Alison durchsprechen.“

„Nein Mr. Welch, das geht nicht. Sie müssen ..., ich meine ...“

„Müssen, muss ich erst mal gar nichts! Und stellen sie sich nicht so an. Wenn Alison morgen da ist, bekommen sie ja die Daten. Aber bis dahin wird nicht die Welt untergehen, wenn sie noch ein, zwei Tage warten müssen.“ Ha, der Alte hatte gut reden. Misstrauischer alter Ziegenbock. Die Zahnräder hinter meiner Stirn tickten und surrten und mir brach der Schweiß unter meinen Armen aus. Was sollte ich bloß machen, ich brauchte dieses Buch - ohne Wenn und Aber. „Mr. Welch bitte, dann lassen sie mich doch wenigstens einen Blick in dieses Buch werfen und ich notiere mir die betreffenden Daten.“

„Mr. Fletcher!“, begann er und nun kam er mir vor, wie mein alter Geschichtslehrer, „dieses alte Dokument ist von unschätzbarem Wert und ich werde es nur zusammen mit Alison öffnen. Ich kenne sie ja überhaupt nicht und auf offener Straße, solch einen antiken Schatz einfach mal durchblättern ..., tz.“ Er wackelte ungläubig mit seinem Kopf, tippte mit einem Finger zum Gruß an die Stirn und wand sich zum Gehen.

Ungläubig schaute ich ihm nach. Da ging meine einzige Hoffnung. „So ein verknöcherter, alter Blödian“, murmelte ich in meinen imaginären Bart. Ich dachte an Alison, an Tom und an einfach alles, und ohne weiter nachzudenken, zog ich ihm das Bündel von hinten unter seinem Arm hervor und rannte die Straße so schnell hinauf, das andere Personen erschreckt zur Seite sprangen. Weit hinter mir hörte ich die knarzigen Schreie des Alten. “Haltet ihn, Dieb, Räuber, Vandale, so haltet ihn doch!“ Zum Glück hatte ich meinen Wagen nicht weit weg geparkt. Die Zigaretten der letzten Jahre ließen nach diesem kurzen Sprint meine Lunge fast zerplatzen und mein Atem ging schnell und stoßweise. Ich drehte den Schlüssel und sprang mit meinem Wagen förmlich aus der Parklücke. Beim Beschleunigen sah ich im Rückspiegel die Knöllchen Tante, wie sie mir kopfschüttelnd hinterherschaute und ihren Notizblock zückte. Sollte sie mir doch noch `ne Knolle schreiben, das bedeutete momentan wohl das kleinste Übel. Ich wischte mir mit der Rückhand den Schweiß von der Stirn und versuchte mich zu beruhigen. Auf der Gegenfahrbahn kam mir ein Streifenwagen entgegen und unbewusst zuckte ich zusammen und verkroch mich förmlich hinter meinem Lenkrad. Jetzt war es also passiert! Ich war ein Dieb und würde sicher in Kürze von der Polizei gesucht werden. Um es ihnen unbedingt noch zu erleichtern, hatte ich ja schon meine Geldbörse mit allen Daten auf der Polizeiwache deponiert. Auf keinen Fall konnte ich nun nach Hause zurück, sondern musste versuchen mithilfe dieses Buches zu ergründen, was ich als Nächstes tun konnte und hoffen, dass ich den Richter schneller erwischen würde, als die Polizei mich.

In was für eine verzwickte Lage hatte ich mich da nur gebracht? Hatte ich mal wieder zu schnell gehandelt, ohne nachzudenken? Aber was hätte ich den machen sollen? Ich hatte zu wenig Zeit um dem Alten Zausel die Geschichte erst einmal haarklein zu erzählen, und selbst wenn ich es getan hätte, wäre es nicht sicher gewesen, dass er mir dann das Buch oder wenigstens die Daten überlassen hätte. Vielleicht hätte er mich als geisteskranken Spinner abgetan und ich hätte nie in sein Buch schauen dürfen, was jetzt fest eingepackt auf meinem Beifahrersitz lag.

Ich brauchte unbedingt einen Ort, wo ich meinen Wagen abstellen konnte, ohne aufzufallen. Dann konnte ich mir in Ruhe das Buch anschauen und würde dann weiter entscheiden, wie ich vorgehen könnte.

Planlos fuhr ich durch die Gegend. Es musste jetzt schnellstens eine Parkmöglichkeit her, denn die Polizei hatte mittlerweile bestimmt schon alle Daten, die sie brauchte und mich schon als gesucht ausgeschrieben. Was würde dann mit Alison passieren, wenn sie mich erwischten und wahrscheinlich mehrere Tage festsetzten?

Ich durfte es nicht dazu kommen lassen. Kurz entschlossen lenkte ich meinen Wagen in einen kleinen Feldweg und stoppte hinter einer Hecke, die ausreichend Schutz vor wachsamen Augen bot.

Mit einer Hand griff ich das Päckchen und legte es auf meine Oberschenkel. Das Buch war eingeschnürt in braunes Packpapier und mit einer Kordel fest zugebunden. Wenn man eines sagen konnte, dann das der Alte klasse Knoten knüpfen konnte. Ich hatte meine liebe Mühe, das Buch aus seiner Verpackung zu befreien und musste an mich halten, das Ding nicht durch mein Gezerre zu beschädigen. Denn dann war ich mir sicher, würde es noch schlimmer für mich. Sollte ich diese ganze verrückte Situation irgendwie überstehen, so wollte ich das Buch dem Besitzer gerne wieder heil zurückgeben.

Nach endlosen Minuten und einigen Litern Schweiß hatte ich das Buch nun offen vor mir liegen. Es war schmucklos in schwarzes Leder gebunden. Man konnte an den leicht vergilbten Rändern erkennen, dass es schon einige Jahre auf dem Buckel hatte. Ich blätterte vorsichtig die ersten Seiten durch und erkannte, dass es handgeschriebene Einträge waren. Die Seiten waren durchdatiert und fieberhaft blätterte ich durch die Seiten, bis das Jahr 1756 anfing.

Die Handschrift war nicht einfach zu entziffern, aber fein säuberlich untereinander konnte man erkennen, was die damalige Dorfgemeinschaft an Einnahmen und Ausgaben getätigt hatte und vor allem, wer wegen welcher Verbrechen bestraft wurde. „Mein Gott“, es waren etliche Menschen, die wegen geringer Verbrechen zu allen möglichen Strafen verdonnert worden waren. Stehlen von Brot gab gleich zwei Wochen Kerker. Das Fälschen von Münzen, da konnte man sich gleich ein ganzes Jahr von seinen Liebsten verabschieden. Nun aber wurde es interessant, denn bisher hatte ich immer nur von Gefängnis beziehungsweise Kerker gelesen, aber plötzlich wurden selbst bei geringen Vergehen, Hände abgehackt oder Ohren abgeschnitten, um somit Verbrecher zu kennzeichnen und andere abzuschrecken. Bei der Vielzahl der Verstümmelungen lag es aber ganz nahe, dass der sogenannte *Rechtssprecher* offenbar ein unheimliches Vergnügen dabei empfand, Menschen zu quälen. Dieses Verhaltensmuster passte wie die Faust aufs Auge auf unseren Richter. Ich blätterte durch die Seiten, aber nirgends stand ein Name des zuständigen Mannes. Ich wurde schon ungeduldig, da fiel mir ein besonderer Eintrag auf, nein, er stach mir richtig ins Auge.

17. Juli 1757: Der Bürger Joseph Müller wurde zum Tode verurteilt. Das Verbrechen bestand darin, den hochwürdigen Dorfvorstand Edward Brewster, der Hexerei zu bezichtigen.

„Bingo!“, rief ich aus. Das musste er einfach sein! „Edward Brewster, hab ich dich also! Irgendein Bürger musste damals erkannt haben, was für ein mieser Mensch du warst und um diesen unliebsamen Zeugen zu beseitigen, nutztest du dein Amt aus und hast den armen Kerl einfach hinrichten lassen. So ein mieses Stück Mensch!

Den Namen hatte ich nun, aber erstens brachte mich das in diesem Augenblick nicht wirklich weiter und zweitens, konnte ich nur hoffen - wenn ich das Versteck dieses Typen herausbekam und ich dort auf ihn traf -, es mir wirklich etwas brachte, ihn bei seinem Namen zu nennen.

Ich starrte aus der Windschutzscheibe und grübelte. Es musste in diesem Buch doch einen Hinweis geben, wo sich damals das Gericht befand. Ich blätterte nochmal alle Seiten durch. Nichts, rein gar nichts. Ich warf das Buch einfach wieder auf den Beifahrersitz. Verdammt, und nun? Mit der linken Hand öffnete ich die Fahrertür und schob mich aus dem Wagen. An den Wagen gelehnt fingerte ich eine Zigarette aus der Packung und steckte mir sie an. Ich zog den Rauch tief in die Lunge und grübelte. Wo konnte dieser Ort gelegen sein? Einfach überall! Hätte ich mehr Zeit gehabt, würde ich in einem Internet Café nachforschen, denn ab und zu konnte man auch das eine oder andere über solche Orte im Netz finden. Jetzt aber wieder in die Stadt zu fahren und durch den Ort zu schlendern, fand ich allerdings zu risikoreich.

Ich konnte mir nicht erlauben gefasst zu werden. Nervös knabberte ich auf meiner Unterlippe. Plötzlich kam mir ein Gedankenblitz. Was? Ja, was wäre, wenn dieses Gebäude gar nicht mehr existierte? Es war eine lange Zeit bis jetzt vergangen. Mir fiel das Haus ein, in dem mir der Richter erschienen war. Warum war er überhaupt dort anwesend? Hatte er mir aufgelauert oder war ich aus Versehen in sein Versteck eingedrungen. Es wäre doch möglich, dass dieses Haus auf dem ehemaligen Platz des Gerichtsgebäudes gebaut wurde. Ich hatte zwar alle Räume ab dem Erdgeschoss nach oben durchsucht, aber eine Kellertür oder Ähnliches wohl glatt übersehen. Jetzt, wo ich das ganze Geschehen nochmals im Geiste durchspielte, war es für mich total logisch. Außerdem musste ich jetzt einfach etwas machen, denn es war mittlerweile später Nachmittag und ich hatte nicht unbedingt große Lust, erst in der Nacht durch dieses Gebäude zu schleichen.

Mein Entschluss stand jetzt fest. Da gab es nur ein Problem. Ich war auf meiner Flucht ganz schön weit entfernt von dem Gebäude gelandet, und wenn ich mein Auto hier stehen ließ und mich zu Fuß auf die Socken machte, dann käme ich erst bei Dunkelheit dort an. Nein, ich musste dieses Risiko einfach wagen und hoffen, dass mich bis dort kein Streifenwagen abfing. Ich schmiss die zwischen meinen Fingern verglühte Kippe weg und trat sie mit dem Absatz aus. Hinein in den Wagen und den Motor gestartet.

Ich hatte noch nie so viel gebetet, wie bei dieser kurzen Fahrt. Jedes Auto, das mir entgegenkam, wurde mit zusammengekniffenen Augen fixiert und ich atmete jedes Mal durch, wenn ich erkannte, dass es nur ein einfaches Fahrzeug war und keines, in dem Angestellte der Trachtentruppe saßen.

Irgendwann kam ich ohne Zwischenfälle bei dem Haus an. Ich parkte den Wagen etwas abseits des Weges und betrachtete das Gebäude nochmals eingehend von außen.

Durch den leichten Verfall und die untergehende Sonne machte es - wie wahrscheinlich jedes verlassene Haus - einen unheimlichen Eindruck, aber es gab kein Anzeichen, dass sich hier *wirklich* etwas Unheimliches abspielte.

Wie ich es so durch das Fenster anstarrte, kamen mir Zweifel, ob meine Annahmen richtig waren. Was, wenn ich mich einfach nur irrte und der Richter hatte hier *nicht* seinen Hauptsitz? Aber andererseits, warum war das Gebäude nicht mehr bewohnt? Konnte es sein, dass er die Bewohner aus diesem Gebäude heraus gegruselt hatte? Ich atmete noch mal tief durch und sagte mir, dass es nichts brachte, weiter hier herumzusitzen. Vermutlich würde hier heute Abend gar nichts passieren. Ich war hin und her gerissen. Noch nie in meinem Leben war ich einerseits so sehr darauf bedacht etwas durchzuziehen und dem Richter gehörig eins auf den Deckel zu geben, andererseits hatte ich aber auch enormen Schiss, denn ich hatte ja ansatzweise mitbekommen, wozu er in der Lage war. Darauf war ich nun sicherlich nicht scharf.

Ich rief mir nochmals den Namen in Erinnerung.

Edward Brewster.

Ich stieg aus und warf die Wagentür hinter mir zu. Mit leicht wabbeligen Beinen schritt ich auf das Haus zu. Verdammt es wurde kälter, denn die Sonne stand schon tief. Jetzt wurde es auch gleich noch dunkel und ich glaubte nicht, dass das von Vorteil war. Irgendwie wurde es ohne Licht doch nur noch gruseliger. Kindheitserinnerungen krochen in mir hoch und ich erinnerte mich an unsere Kellertür in meinem Elternhaus. In unserem Keller, so glaubte ich damals, würde eine Hexe wohnen, und wenn ich nicht schnell genug an dieser Tür vorbei rannte, würde sie mich in den Keller ziehen und - wer weiß, was - mit mir anstellen. Ich zitterte leicht, als ich daran dachte, und versuchte diese Gefühle abzuschütteln. „Jetzt verliere mal nicht die Nerven Großer", redete ich mir selber ein. Denk an Alison, die musste ja mittlerweile Todesängste ausstehen!

Am Haus angekommen, beschloss ich das Gebäude zu umrunden, um vielleicht irgendwo Kellerfenster auszumachen.

Ich musste mich durch halbhohes Gras und Gestrüpp kämpfen. Hier schien schon seit Jahren keiner mehr ordentlich Rasen gemäht zu haben und nun kam man nur noch mit einer Machete durch.

Mit einigen Kratzern und leichten Blessuren kam ich schimpfend bei der Eingangstür an. Keine Fenster, die anzeigten, dass dort unter dem Haus ein Keller verborgen lag. Immer wieder schaute ich hinter mich und auf die Fenster, denn ich hatte den Eindruck, beobachtet zu werden.

„Los, rein mit dir!", feuerte ich mich an und schritt auf die Tür zu, die wieder verschlossen in ihrem Rahmen ruhte.

Ich packte den Knauf und schob die Tür leicht knarzend auf. Jedes Geräusch verstärkte sich vielfach in diesem leeren Haus. Es roch immer noch modrig und die Hausangestellte hatte seit meinem letzten Besuch mal wieder nicht ordentlich saubergemacht.

Ohne großartig darüber nachzudenken, verfiel ich bei meinem Gang durch das Gebäude in einen leisen Gesang. Das war wohl das Pfeifen in der Nacht. „Komisch!", dachte ich, dass wir Menschen uns teilweise alle so ähnlich sind und automatisch die gleichen Rituale durchführten, um uns zu beruhigen. Ob sich schon die Steinzeit Menschen auf der Jagd nach dem Säbelzahntiger mit singen beruhigten? Ich kicherte leise bei dem Gedanken, rief mich aber zur Ordnung, als mir meine Situation wieder bewusst wurde. Keine Zeit für Albernheiten Fletcher, schimpfte ich mich selber und ging daran alle Räume nach dem Kellereingang abzusuchen.

Ich stolperte durch jedes Zimmer und betrachtete jede Wand, aber solange ich auch suchte, ich fand ... Nichts.

Verdammt, ich musste mich doch geirrt haben und sein Versteck war gar nicht hier, sondern lag irgendwo anders und ich würde es im Lebtag nicht herausbekommen. Mir wurde plötzlich speiübel bei dem Gedanken. Vor meinem inneren Auge, sah ich Alison halb verhungert und vor Angst langsam wahnsinnig werden. Wieder einmal war ich wohl der Verlierer, und ich hatte gedacht, ich könnte mal was wirklich Wichtiges in meinem Leben zustande bringen.

Ich seufzte lange und lies mich auf meinen Hintern fallen. Ich starrte an die Decke und die Wände entlang. „Du hast es halt vermasselt alter Junge", schimpfte ich mich selber, als plötzlich und zu meinem Erschrecken, ein Flimmern in der Luft lag. Ich rückte mit meinem ganzen Körper bis an die Außenwand des Raumes und beobachtete mit angehaltenem Atem, was da passierte. Sollte der Richter gerade jetzt hier auftauchen? Ich war sehr erstaunt, dcnn es sah eher danach aus, als käme Tom zu Besuch. Langsam verfestigten sich die Umrisse und ich erkannte eine durchscheinende ältere Frau. Sie trug ein geblümtes Kleid und hatte ihre Haare zu einem Dutt hochgedreht. Sie schaute mich freundlich an und lächelte. Ich drückte mich aus der Hocke hoch und stand ihr nun gegenüber. „Wer sind ...?“ Ich wollte sie soeben nach ihrem Namen fragen, da deutete sie mir mit dem Zeigefinger vor ihrem Mund an, ich solle lieber schweigen. Sie schwebte um ihre eigene Achse und verließ den Raum. Ich glotze ihr hinterher. Nach einer Weile tauchte ihr Kopf wieder am Türrahmen auf. Sie winkte mit ihrem Arm, was wohl heißen sollte, dass ich ihr zu folgen hätte. Wer war diese Frau und was hatte sie vor? Sollte es sich um eine Gehilfin des Richters handeln, so würde ich sicher bald in der Klemme stecken. Mir blieb aber nichts anderes übrig als ihr zu folgen, denn mittlerweile war ich froh, dass ich scheinbar doch nicht ganz so falsch gelegen hatte. Gespannt darauf was nun passieren würde, schlich ich auf Zehenspitzen hinter der schwebenden Frau durch das Gebäude.

Immer wieder blieb sie kurz stehen und winkte mich herbei. Endlich blieb sie im größten Raum, den ich für das Wohnzimmer hielt, stehen. Sie schwebte in der Mitte des Raumes. Ich starrte sie fragend an und hob meine Schultern, was so viel heißen sollte wie: „Und was nun?“ Sie hatte meine Zeichensprache für Taube offenbar verstanden und deutete mit dem Finger unter sich. Dort unter ihr erkannte ich nichts anderes, außer einen mottenzerfressenen Teppich, der dunkel und stinkig auf dem alten Holzboden vor sich hin müffelte. Sie zeigte noch mal unter sich und schwebte dann zur

Seite. Konnte es wohl sein? Ich zog den Teppich langsam an einer Ecke haltend zur Seite. Staub und Dreck rieselten aus dem feuchten Lappen. Mühsam konnte ich einen Niesanfall unterdrücken. Hausstauballergie! Klasse! Kann ich jetzt richtig gut gebrauchen! Ich wischte meine rotzige Nase an meinem Ärmel ab, und hob um Entschuldigung heischend die Augen zu der Geisterfrau.

Sie lächelte mich aber nur an und deutete mit dem Kopf zur Zimmermitte. Ich hatte nun den ganzen Teppich zur Seite geschoben und ging vorsichtig ins halbdunkel starrend auf die Mitte zu.

Meine Augen mussten sich erst an die Lichtverhältnisse gewöhnen und zuerst sah ich nichts weiter, als die braun-schwarzen Holzdielen, die verlegt worden waren. Aber bei genauem Hinsehen sah man ein fein abgegrenztes Quadrat. Eine Falltür im Boden. Sie war so fein abgegrenzt, dass man sie, wenn man nicht genau danach suchte, wahrscheinlich gar nicht entdeckt hätte. Ich schaute wieder zu der Frau, aber sie war nicht mehr da. Weg war sie!

Jetzt konnte ich nur hoffen, dass die Geistererscheinung es mit mir gut meinte und ich nicht durch den Richter an der Nase herumgeführt wurde und gleich auch noch in der Falle saß.

Ich ließ mich auf die Knie nieder und versuchte meine Finger in die schmale Lücke zu schieben, um den Eingang zum Keller freizulegen, doch ich rutschte immer wieder ab und das Ding bewegte sich keinen Millimeter. Das Versteck musste aber erst vor kurzem geöffnet worden sein, denn ich bemerkte, dass zwischen den Ritzen der übrigen Dielenbretter, Schmutz und Staub lag. Nur hier bei der Falltür waren die Fugen sauber. Nach zahlreichen nutzlosen Versuchen und einem eingerissenen Fingernagel ging ich in die Hocke und mit meinem schmerzenden Finger im Mund schaute ich mich um. Ich benötigte dringend etwas, was schmal genug war, um es in die Ritze zu stecken und es dann aufzuhebeln. Der gesamte Raum war - bis auf den Teppich, leer. Mir fiel ein, dass ich im Auto ein sogenanntes Mehrzweck-Werkzeug hatte. Vor einiger Zeit wollte mir ein guter Bekannter eine Freude machen, und gab es mir mit den Worten: Für alle Fälle! Jetzt war wohl der Fall der Fälle eingetreten, denn bisher rostete das gute Teil nur vor sich her. Ich stemmte mich aus der Hocke wieder in dcn Stand und rubbelte meine schmerzenden Knie. Man wurde doch echt älter! Früher, als Kind, konnte ich stundenlang auf den Knien sitzend mit meinen Legos spielen und heute hatte ich nach zwei Minuten das Gefühl, als würden mir die Kniescheiben zerbröseln. Mit staksigem Gang schritt ich durch das Haus und war wirklich froh frische Luft zu atmen, als ich wieder nach draußen trat. Dieser modrige, staubige Geruch im ganzen Haus brachte mich fast um. Gierig zog ich die Abendluft ein und ging auf mein Auto zu. Ich nestelte meine Autoschlüssel aus der Hosentasche und dachte nach. Hm, wo hatte ich das verflixte Teil zuletzt gesehen? Ich kramte halb liegend im ganzen Auto herum. Handschuhfach: Fehlanzeige. Unter dem Armaturenbrett: Nix. Nun suchte ich unter dem Fahrersitz und ... Volltreffer! Irgendwann musste ich es mit einem schwungvollen Schubs darunter befördert haben. Ich zog das Multi-Helferlein hervor und schnaufte erst mal durch. Wenn ich mit dem ganzen Mist hier fertig wäre, so hatte ich mir jetzt wirklich vorgenommen, würde ich tatsächlich wieder anfangen ein wenig Sport zu treiben. Ich war ja mittlerweile so gelenkig wie eine trockene Salzstange. „Sie wissen schon, dass sie das nicht dürfen?“ Eine Stimme hinter mir lies mich erschrocken herumfahren. Mein Herz pumpte das Blut mit der Geschwindigkeit eines Dieselmotors durch meine Adern und ich hörte schon wieder dieses Pochen in meinen Ohren. Wenn das so weiterging, war mir ein schneller Herztod sicher garantiert.

„Äh wie bitte?“, stammelte ich leicht verwirrt. Vor mir stand der Spießer in persona: Mann mittleren Alters, grüner Lodenmantel, kleines Försterhütchen und den obligatorischen Dackel an der fünfzehn Meter langen Laufleine.

„Ich sagte gerade, dass sie hier nicht parken dürfen.“ Mit diesen Worten zeigte er mit ausgestrecktem Arm über mein Fahrzeug hinweg auf irgendwas sehr wichtiges. Ich schnaubte erst mal tief und richtete mich mühsam wieder auf. Das Multi-Tool steckte ich in meine Gesäßtasche und schaute in die Richtung, die der Typ mir anzeigte. Ich war sprachlos. Mein Auto stand unter einem halb vom Gebüsch zugewachsenen Verkehrsschild, das besagte, dass diesen Weg nur landwirtschaftliche Kraftfahrzeuge benutzen durften. Na klar, das war genau das Richtige für solche Moralapostel. Da konnten sie wunderbar den Klugscheißer und "Gut-Menschen" raushängen lassen. Was mir aber viel mehr die Spucke im Mund trocknen lies, war das Straßenschild, das darüber angebracht war: Richterplatz 1.

Das durfte doch nicht wahr sein! Aber erst einmal war ich froh, denn das bestätigte meine Vermutung, dass das alte Gerichtsgebäude früher hier gestanden hatte. Aber warum war ich so blind, nicht das Naheliegende in meiner unmittelbaren Umgebung wahrzunehmen? Es hätte mir vieles einfacher machen können. Trotz dieser Erkenntnis drehte ich mich wieder zu dem pingeligen Männchen um. Sein Dackel schnupperte mittlerweile aufgeregt an meinen Schuhen. “Komm sofort her zu mir, Rex!“ Er zog den kleinen Köter mit so einer Macht an seiner Leine, dass das Krummbein förmlich abhob, um neben seinem feinen Herrchen zu landen. Toller Name für so ´n Zwerg, dachte ich und starrte dem

Aushilfs-Förster wieder ins Gesicht. Ich hatte meiner Meinung nach mein unschuldigstes Lächeln aufgesetzt und entgegnete: “Ja, tut mir leid. Ich hatte auch nicht vor länger hier zu parken, weil ... ich ..., na ich hab halt `ne Panne und wollte eben ins Dorf einen Mechaniker um Hilfe bitten.“

„Aha, und warum kommen sie dann dort aus dem alten, leerstehenden Haus? Sie müssen wissen, ich habe sie schon von weitem hier herumlungern sehen.“

Blöder neugieriger Typ. Was glotzte der denn dumm durch die Gegend und scherte sich nicht besser um andere, wichtigere Dinge? „Wissen sie guter Mann, ich wohne noch nicht so lange in der Gegend und wollte nur nachschauen, ob nicht doch jemand dort wohnt.“ Der Mann zog seinen Fiffi wieder unwirsch an der Leine zu sich und schüttelte den Kopf. „Mann, das sieht doch ein Blinder, dass die olle Bude schon lange leersteht, oder? Mann, Mann, Mann, Leute gibt es.“ So langsam ging mir der Typ jetzt echt auf den Sack und ich musste unbedingt zusehen, dass ich ihn loswurde.

"Ja. Sorry, hab nicht so viel darüber nachgedacht, aber ... *Tara!*"

Ich zog mein Multi-Tool aus der Tasche und präsentierte ihm das leicht angerostete Werkzeug wie eine Trophäe.

„Und was soll das jetzt?“, herrschte er mich an. Ich klappte sämtliche Werkzeuge vor seinen Augen aus. „Ich werde mir jetzt den Motor vornehmen und bin bestimmt schneller hier weg, als ihr Rex sein Geschäftchen gemacht hat.“ Ohne ihn weiter zu beachten, griff ich durch die offene Tür unter das Armaturenbrett und zog den Hebel, der die Verriegelung zum Motorraum löste. Ich stellte die Motorhaube auf und versenkte meinen Schädel im Dunklen, nicht ohne den Hundebesitzer aus den Augenwinkeln weiter zu beobachten. „Nun hau schon endlich ab, du W...“

Ich rüttelte hier, und da an irgendwelchen Kabeln, denn ich hatte von Auto-Motoren so viel Ahnung, wie von japanischer Papierfaltkunst. „Kann ich ihnen irgendwie helfen, junger Mann?“

Ja sieh zu, dass du in die Socken kommst, Nervensäge!, dachte ich, brummelte aber nur gut gelaunt: “Nein, nein, ich seh` schon, woran es liegt. Dauert nur noch ein paar Minuten, und ich bin weg. Sie können ruhig weiter spazieren gehen. Der Rex ist ja schon ganz ungeduldig. Vielen Dank noch mal!“ Ich wusste zwar nicht, wofür ich mich da gerade bedankt hatte, denn, außer das er mich aufgehalten hatte, war er für gar nichts nütze gewesen. Aber ich dachte, dann würde er schneller verschwinden und ich könnte endlich im Haus weitermachen.

Er stand noch eine Weile zögerlich an meinem Auto herum und ich hatte Ameisen in der Hose. Los verzieh dich! Mantramäßig versuchte ich, ihm meinen Willen aufzuzwingen. Irgendwie musste es bei ihm angekommen sein, denn: “Dann lass ich sie mal alleine. Ich muss meine Runde noch zu Ende drehen. Vergessen sie beim nächsten Mal nicht auf die Schilder zu achten!“

Ich schob meinen Kopf hervor und antwortete: “Ja. Nochmals sorry! War echt blöd von mir, gerade hier eine Panne zu haben!“

Er schaute mich noch mal missmutig an und zog dann seine kleine Kampfwurst hinter sich her die Straße herunter. Ich blickte ihm so lange nach, bis er im halbdunkel verschwand, wahrscheinlich um sich weitere Falschparker vor die Brust zu nehmen. „Blödian“, raunte ich und mit ausgestrecktem Mittelfinger zeigte ich ihm aus sicherer Entfernung noch mal, was ich von ihm hielt.

Ich bollerte die Motorhaube herunter und rannte auf den Hauseingang zu. Nun aber schnell, die Sonne war fast komplett hinter dem Horizont verschwunden und ich wollte das bisschen Restlicht ausnutzen. Ich stockte kurz und rannte dann nochmals zu meinem Auto zurück. „Gut, dass dein Kopf am Hals festgewachsen ist, Alter, sonst wäre der auch mal irgendwann nicht mehr da.“ Mir war gerade eingefallen, dass mir beim Durchsuchen meines Handschuhfachs, eine alte Taschenlampe in die Hände gefallen war, die mir gleich bestimmt nützlich sein könnte. Ich steckte mir das Lämpchen, nicht ohne zu kontrollieren, ob sie noch funktionierte, in den Hosenbund und schnell wie der Blitz war ich im Haus und über die Falltür gebeugt. Fieberhaft entfaltete ich meinen Werkzeugkasten im Kleinformat und entschied mich für die normale Messerklinge. Ich steckte die Schneide in die Ritze und hebelte das Brett leicht hoch. Das klappte ja wunderbar. Ich konnte das Brett so weit anheben, dass meine Finger darunter passten und mit einem letzten Ruck zog ich das Viereck komplett ab und schmiss es neben mir in den Raum, wo es laut polternd liegen blieb. „Ja genau, mach doch noch mehr Lärm, du Dösel." Vor mir lag ein dunkles Loch. Ich legte meinen Kopf fast bis auf die Bretter und lauschte hinein. Kein Laut kam aus der Grube. Nur kalte Luft strömte nach oben und lies meine Haare auf den Armen empor stehen. Ich zog meine Taschenlampe aus dem Hosenbund und knipste das Lämpchen, was schwach glimmte, an. "Hm, neue Batterien wären jetzt was Feines." Ich rüttelte die Lampe ein wenig und sie leuchtete jetzt wirklich etwas mehr auf. Jedenfalls so viel, dass ich beim Beleuchten der Grube sah, dass an den Seitenwänden eine Art Trittleiter stand. Wenigstens muss ich nicht einfach in eine bodenlose Grube springen, dachte ich noch. Ich atmete nochmals durch, schob meine Beine langsam ins Dunkle und erreichte mit einem Fuß die erste Sprosse der Leiter. Noch einmal schaute ich mich im Zimmer um und lies meinen Kopf unter dem Boden verschwinden. Was würde mich nun hier unten erwarten?

Langsam stieg ich die Sprossen herunter. Die Lampe hatte ich mir mittlerweile zwischen die Zähne geklemmt und mit einem sehr mulmigen Gefühl ging es herab in mein Schicksal. Immerzu hatte ich das beklemmende Gefühl, mich würde gleich jemand an den Beinen packen und herabziehen. Aber ich kam sicher unten an und leuchtete mit meinem Glühwürmchen den Ort ab, um mich zu orientieren.

Um mich herum konnte ich einen schmalen Gang erkennen. Die Mauern bestanden aus Stein. So oder so ähnlich musste man früher wohl gebaut haben. Ich strich mit meiner anderen Hand über die Wand. Sie fühlte sich kühl, aber trocken an. Na wenigstens hole ich mir hier keinen Schnupfen, dachte ich und schritt langsam - mit dem einen Arm tastend, durch den Gang. Kein Laut war zu hören. Etwa nach fünf Metern stand ich plötzlich vor einer rostigen, alten Stahltür. Oh bitte lieber Gott, wenn ich jetzt noch einen Brennschweißer brauche, um hier durchzukommen, bin ich echt aufgeschmissen. Leicht schnaufend blieb ich nun vor der Tür stehen und lauschte ins Dunkle. Kein Laut, einfach nichts war zu hören. War das jetzt ein gutes oder schlechtes Zeichen? Ich legte mein Ohr auf das kalte Metall der Tür und hoffte die Stimme von Alison oder Tom zu vernehmen. Aber wieder Fehlanzeige! Entweder war diese Tür zu dick um etwaige Laute zu hören oder hier war einfach niemand.

Nun musste ich mich entscheiden. Entweder ich stand hier noch so lange rum, bis meine Funzel den Geist aufgab und ich komplett im Dunkeln stand, oder ich würde mich nun zusammenreißen und versuchen, diese vermaledeite Tür aufzumachen. Auf halber Höhe der Tür erkannte ich einen Knauf. Sachte legte ich meine Hand darauf und versuchte ihn nach rechts zu drehen. Zu meiner Überraschung und Freude gelang es ohne Mühe und man hörte ein klickendes Geräusch, das mir anzeigte, dass die Verriegelung sich gelöst hatte. Mein Atem wurde wieder schneller. Trotz der kühlen Luft hier unten stand mir leichter Schweiß auf der Stirn. Es gibt wohl nichts Schlimmeres, als in eine unbekannte Situation zu kommen.

Einzig die Gedanken an meine neue Freundin, und auch an Tom und die ganzen anderen armen Seelen, die dieser Schuft quälte, gaben mir momentan den Mut diese Tür zu öffnen. Ich schob die alte Metalltür langsam und sachte auf, denn ich wollte vermeiden, dass man mich zu früh hörte. Zu meiner Verwunderung gab es kein einziges Geräusch, kein Quietschen oder Knarzen. Entweder kam hier ab und zu jemand mit dem Ölkännchen vorbei oder ich hatte einfach nur Schwein. Vorsichtig schob ich mich in den Raum. War da nicht irgendwo ein Schnauben, so als würde jemand im tiefen

Schlaf atmen? Mit einer Hand hatte ich den Lichtschein der Taschenlampe etwas abgedunkelt. Nun aber nahm ich die Hand weg und lies den kleinen Lichtstrahl durch den Raum tanzen.

Die Decke bestand wie auch die Wände, aus demselben Stein wie der Gang, durch den ich hierher gelangt war. Ich lies den Lichtstrahl der Taschenlampe über die Wände streichen. Da in einer Ecke, was war das? Es sah aus, als würde dort ein dunkles Bündel liegen. Langsam und vorsichtig näherte ich mich diesem dunklen Gegenstand, immer mit dem Gefühl, dass mich zu jeder Zeit etwas von hinten anfallen könnte. Das Schnaufen kam ganz klar von diesem dunklen Bündel. Nun stand ich genau davor. Da musste jemand etwas mit einer alten Decke einfach abgedeckt haben. Unter dem alten Tuch schauten zwei Schuhspitzen hervor. Mein Gott! Ich betete. Ich zog vorsichtig die olle Decke zur Seite und darunter kam Alison hervor. Ich hatte sie wirklich gefunden und war heilfroh. Ich kniete mich hin. Sie war dreckverkrustet und hatte ein paar Schrammen im Gesicht und an den Händen. So wie es aussah, hatte man sie nicht ohne Gegenwehr hierhin verfrachtet. Sie schien trotz der Strapazen und Angst - oder gerade deswegen -, tief und fest zu schlafen. Ein Tuch war über ihren Mund gebunden. Ich streichelte vorsichtig ihre Wange.

„Hey Alison, hey ... Aufwachen. Ich habe dich gefunden. Komm schon ... AUFWACHEN! Wir müssen so schnell wie möglich von diesem Ort verschwinden!“

So wie es ausschaute, hatten wir echt Glück und der Richter war momentan woanders.

Meine liebe Luzi, so würde ich auch mal gerne schlafen!, dachte ich. „So! Jetzt aber mal los!“ Ich packte sie am Arm und rüttelte ein wenig. In diesem Moment machte sie erschreckt die Augen auf, starrte mich an und … trat mir mit beiden Füßen voll in den Unterleib. Ein Schmerz, so scharf wie eine Stahlklinge, durchzuckte mein unteres Stockwerk und mir blieb die Luft weg. Langsam wie ein Sack Reis, kippte ich nach hinten und konnte nur daliegen und hoffen, dass ich irgendwann mal in den nächsten Jahren, dort unten wieder intelligentes Leben spüren würde.

Zusammengekrümmt auf dem Boden liegend, hörte ich nur das Schnaufen von Alison. Irgendwas versuchte sie mir durch den Lappen in ihrem Mund zu sagen, aber das war momentan nur nebensächlich, denn immer noch tanzten kleine farbige Sternschnuppen vor meinen Augen. Mit ihren Füßen stupste sie mich immer wieder an. Mühsam rappelte ich mich hoch und hielt mit einer Hand mein Untergeschoss. Die Taschenlampe lag nun ein paar Meter entfernt auf dem Boden und strahlte uns beide genau an.

Meine Blicke trafen die von Alison. Strafend blickte ich sie an. Sie hob schuldbewusst ihre Augenbrauen und zog die Schultern nach oben. Sie stammelte etwas durch den Lappen, das sich wie *Schorri!* anhörte.

„Ja schon gut, warte gleich … dauert nicht mehr lange, muss nur mal kurz den Schmerz wegatmen."

Sie blieb ruhig liegen und lehnte den Hinterkopf gegen die Wand. Kaum ging es mir ein wenig besser, löste ich den Knebel aus ihrem Mund. Sie atmete tief durch. „Fletcher, Gott sei Dank, dass du mich gefunden hast." „Ja hab gemerkt, wie sehr du dich gefreut hast, meine Liebe!", sagte ich und rieb mir mit der einen Hand immer noch meine pochenden Kronjuwelen.

„Du!? Das tut mir unendlich leid, ich dachte, du wärest dieser müffelnde Piraten-Verschnitt, der mich hierher gebracht hat."

„Okay Alison, die Geschichte kannst du mir gleich weiter erzählen, aber erst einmal müssen wir hier wirklich so schnell wie möglich raus. „Ja okay, klar. Mach mich los!"

Ich schaute herab und sah, dass sie an den Füßen gefesselt war. Sie drehte sich um und auch ihre Arme waren hinter dem Rücken gefesselt. Mann, selbst verdreckt und zerschunden sah sie immer noch umwerfend aus. In meinen Gedanken waren wir hier schon raus und sie bedankte sich bei mir für ihre Rettung auf die tollste Art, die ich mir nun gerade vorstellen konnte. Leicht verträumt nestelte ich an den vermaledeiten Knoten herum. „Ich schätze mal, der Bettler war in seinem früheren Leben wirklich Seemann“, sagte ich zu Alison, “das scheinen Seemannsknoten zu sein, verdammt.“

„Hast du nicht irgendwas zum Aufschneiden dabei?“, fragte sie. Ich verdrehte meine Augen. Na klar das Multi-Tool, man kann es sich aber auch wirklich selber schwer machen. „Jep, Moment, gleich fertig.“ Ich zog das Werkzeug hervor und klappte die Klinge aus. Damit säbelte ich nun an dem Strick herum, natürlich darauf bedacht nicht in ihre samtweiche Haut zu schneiden. „Wie hat der Typ dich überhaupt hierhin verfrachtet?“

„Ich war doch noch bei meinem Bekannten, dem Geschichts-Typ.“

Ja, wie könnte ich den vergessen, beziehungsweise er mich? Momentan wollte ich ihr nichts von meiner Begegnung mit ihm erzählen. Ich wollte die romantische Stimmung nicht verderben. Denn um die Fesseln vorsichtig, aber schnell lösen zu können, hing ich ihr so nah wie noch nie zuvor auf der Pelle und meine Nase strich immer wieder durch ihr wunderbar duftendes Haar. „Sag mal, bist du bald fertig da hinten?“ Ich rüttelte mich wieder in die Realität. Mit einem letzten Schnitt sprangen die Fesseln von ihren Handgelenken.

Sofort zog sie die Arme nach vorne und rieb sich die Arme und Hände. „Dieser verdammte kleine blöde Sack, wenn ich den noch mal erwische, dann ...!“

„Ich kann`s mir vorstellen Alison“, sagte ich und bemerkte wieder den leichten Schmerz in meiner Leistengegend. Ich fing nun an, die Fesseln an den Beinen zu lösen.

„Also, du warst bei dem Typen, und dann?“, fragte ich.

„Äh ja, wir hatten nicht wirklich was herausgefunden und ich war echt super enttäuscht. Auf dem Heimweg wollte ich dich darüber unterrichten. Ich konnte mir ja denken, dass du auf meinen Anruf warten würdest. Fast bei mir zu Hause angekommen, stand da dieser Bettler angelehnt an meiner Hauswand. Ich ging an ihm vorbei und wollte meine Schlüssel aus der Tasche nehmen. Da presst mir dieser stinkende kleine Mistsack von hinten so einen übel riechenden Lappen auf den Mund. Ich weiß nicht, was schlimmer gestunken hat, der Lappen oder der Typ. Ich wehrte mich nach Leibeskräften, aber der dünne Typ hatte mehr Muskelkraft, als man vermutet hätte. Wenigstens sah ich noch sein blödes Grinsen und dann gingen bei mir die Lichter aus. Aufgewacht bin ich hier. Frag mich nicht, wie er mich hierher gebracht hat. Keine Ahnung!“

Ich hatte die ganze Zeit zugehört und dabei fast vergessen ihre Fesseln weiterzulösen. Sie schaute mich an, ich sie und ...

“Na was?“, fragte sie. „Was?“, fragte ich. Sie ruckte mit den Beinen. „Wird das heute noch was?“

„Oh entschuldige, ja gleich.“

Ich säbelte weiter an den Stricken und schaffte es endlich.

„Ah danke!“ Sie zog die Beine ein paar Mal gegen ihren Körper. „Alles eingeschlafen. Warte mal kurz, damit ich da wieder Leben rein bekomme.“ Sie rubbelte sich noch mit den Händen die Fußknöchel und mit meiner Hilfe rappelte sie sich langsam hoch.

Sie lehnte sich leicht an mich, was mir nicht gerade unangenehm war. Da sie leicht taumelte, schlang ich einen Arm um ihre Hüfte und stützte sie so ein paar Meter. „Der Kreislauf spinnt noch ein wenig“, hauchte sie mir zu. Ihr warmer Atem streifte mein Gesicht. Ein wohliger Schauer glitt durch meinen Körper. Hoffentlich waren wir hier bald raus. „Du, ich glaub, es geht jetzt schon wieder“, sagte sie und befreite sich leider ein wenig aus meiner Umklammerung. Von mir aus hätte ich sie auch gerne das ganze Stück auf meinen Händen getragen, aber naja.

Rasch klaubte ich beim Vorbeigehen meine Taschenlampe vom Boden auf und stutzte. „Pscht“, zischelte ich ihr zu. „Was?“, fragte sie. Ich drehte mich um und machte mit dem Zeigefinger das international anerkannte Zeichen, dass sie mal kurz den Rand halten sollte.

Wir standen regungslos und still im Raum und lauschten. Nichts. „Muss mich verhört haben, sind wohl nur die Nerven“, flüsterte ich ihr zu. „Okay, weiter Fletcher, zeig mir den Weg hier raus. Ich brauch frische Luft und was zu trinken, mein Mund ist trocken wie ein Sandkasten.“ „Küssen könnte helfen“, nuschelte ich. „Wie bitte?“, raunte sie mir zu. „Nichts. Wenn wir hier raus sind, besorge ich dir was zu trinken.“

Im Gänsemarsch taperten wir, sie mit einer Hand an meinem Hosenbund durchs Halbdunkel. Bei der Tür angekommen deutete ich ihr an, dass sie kurz stehen bleiben solle. „Ich schau mal eben nach, ob die Luft rein ist, Moment.“ „Ja okay, mach schnell. Ich hab das Gefühl, hier drin wird’s immer kälter, oder nicht?“ Ich hielt kurz inne - und ja, sie hatte Recht, es war bedeutend kälter geworden, denn ich konnte feststellen, dass sich beim Sprechen kleine Wölkchen vor meinem Mund bildeten. Das konnte nichts Gutes bedeuten und ich wollte nun wirklich so schnell wie möglich aus diesem alten Geisterkasten raus.

Ich schob die Tür auf und lies meinen Taschenlampenstrahl durch den Gang huschen. Totenstille und niemand war zu sehen. Ich drehte mich um und wedelte mit meiner Hand, damit Alison nachkam. Alison blickte mich mit großen Augen an. „Was?“ Lief mir Spucke übers Kinn, oder was war los? Sie schlug sich mit einer Hand vor den Mund und deutete über mich hinweg. “Sag nichts Alison, da ist was hinter mir, oder?“ Sie nickte. Was ich nicht sah, war, dass - nachdem ich mich umgedreht hatte - die Dunkelheit wohl noch dunkler geworden war und aus dem pechschwarzen Gang, zwei giftig gelbe Augen auf mich zukamen. Ich wollte mich gerade umdrehen, als *peng!* Mir wurde schwarz vor Augen und das Letzte, was ich sah, waren die angsterfüllten Augen von Alison, die mir auf meiner Reise zum Boden nachschauten. Ich versuchte noch den Daumen nach oben zu recken, aber bis auf ein dümmliches Grinsen kam nichts mehr zustande.

15

Das Erste, was ich akustisch wieder mitbekam, nachdem sich mein Gehirn stufenweise wieder anschaltete, war Alisons Stimme. „Fass mich ja noch mal an, du stinkender kleiner Wicht und ich reiß dir deinen Kopf runter, hast du das verstanden?“ Ich lag auf dem Boden und fühlte nur ein heißes Pochen an meinem Hinterkopf. Irgendwas oder irgendwer hatte mich mit etwas verdammt Hartem getroffen. Das Beste was ich nun tun konnte, war, einfach liegen zu bleiben und den Ohnmächtigen zu spielen. „Was habt ihr überhaupt mit uns vor? Wir haben euch doch gar nichts getan!“ Alisons Stimme überschlug sich förmlich. Einerseits wahrscheinlich, weil sie wirklich stinksauer war, andererseits hörte man aber auch die Furcht heraus. Ich blinzelte leicht mit den Augen, um mir einen kleinen Überblick zu verschaffen. Alison stand mit dem Rücken zur Wand, die Arme angehoben wie ein Boxer. Der Piratenfuzzi hatte sich ihr bis auf wenige Meter genähert und hielt ein längeres Stück Holz in seinen Händen. Das musste der Beulenbringer sein, den er gegen mich eingesetzt hatte. Aber wo war er so schnell hergekommen? Ich hatte doch den ganzen Gang abgesucht. Der Richter musste doch noch über irgendwelche Kräfte verfügen, die mir noch nicht bekannt waren. Meine Blicke gingen durch den Raum, aber durch meine ungünstige Lage konnte ich nicht überall hinschauen. Wo war der verdammte Richter hin? Befand er sich immer noch in diesem Raum oder hatte er sich schon wieder auf den Weg gemacht und meinte, dass sein Helfers-Helfer genügen würde?

Obwohl mein Kopf immer noch schmerzte, hatte ich mir einen Plan zurechtgelegt. Ich würde auf einen günstigen Moment warten, dann den Piraten von hinten packen und ihn überwältigen.

„Nun zick hier mal nich rum Frauchen. Unser Plan hat doch ganz gut geklappt!“ Der Pirat grinste und ließ immer wieder sein Schlagholz in seine freie Hand klatschen. „Ich bin kein Frauchen, du Arsch! Und um was für einen Plan geht es hier überhaupt, hä?“ Alison war voll kampfbereit. Ihre Haare standen elektrisiert nach allen Seiten. Irgendwie erinnerte sie mich an eine Katze, die kurz vorm Angriff stand. Klasse Frau!

„Nun, du und der Trottel da unten seid ja jetzt wieder zusammen und werdet es auch bis an euer restliches

Leben bleiben. Ist das nicht romantisch?“ Der Bettler lachte sich kaputt über seinen Witz.

„Was soll das heißen, du stinkiger kleiner Wicht? Willst du uns umbringen?“ Alisons Stimme überschlug sich fast.

„Nö, hab ich bisher noch nie und werde ich auch nicht. Ich werde mich gleich hier verziehen und mein Meister wird dafür sorgen, dass der hübsche kleine Gang da hinten zugeschüttet wird. Ist nämlich eine einfache Übung für ihn, musst du wissen. Ihr werdet hier nie mehr rauskommen!“ Er lachte wieder hämisch und mir zitterten die Hände. Verdammt üble Nachrichten! Ich musste ihn jetzt einfach stoppen und überwältigen! Wir mussten hier so schnell wie möglich raus, denn wenn der Gang draußen einmal blockiert war, würden wir hier nie mehr im Leben rauskommen, sondern erbärmlich verrecken. Er blickte kurz zu mir herunter und ich schloss meine Augenlider und hoffte, dass er nicht mitbekommen würde, dass ich bald schon wieder einsatzbereit wäre. „Is umgefallen wie ´n nasser Sack“, er lachte schallend.

„Du dummer ...!“ Alison sah aus, als wolle sie sich nun auf den Drecksack werfen. Er aber, hob nur sein Kantholz und drohte ihr damit. „Na nur nicht zickig werden, sonst liegst du auch gleich auf dem Boden.

Glaub ja nicht, dass ich Probleme damit habe `ne Frau zu schlagen."

„Ja so siehst du auch aus, du mieser kleiner Feigling!", kreischte Alison.

Jetzt war der Moment gekommen. Ich schlug meine Augen auf und stemmte mich so schnell wie es ging hoch und ohne die stechenden Schmerzen in meinen Hinterkopf zu beachten, hechtete ich auf den Piraten los. Alison schrie auf und der Typ drehte sich blitzschnell um. Ich konnte ihn an den Hüften packen und umreißen, noch bevor er seine Keule schwingen konnte.

Wir kugelten beide keuchend über den Boden, und ich versuchte, seine Arme festzuhalten. „Ja! Pack ihn dir und hau ihm eine rein!" Alisons Stimme hallte durch den Raum. Ich kam mir vor wie in einem Boxring und mein Frauchen feuerte mich außerhalb des Rings an. Trotz seines abgerissenen Äußeren, war er doch erstaunlich kräftig und zäh, aber mit einiger Mühe kam ich aufrecht auf ihm zu sitzen und nagelte seine Hände am Boden fest. Ein paar Mal ließ ich seine Hand mit dem Kantholz auf den Boden klatschen, bis er es endlich losließ.

Wir keuchten beide vor Anstrengung.

„Das wird dir noch leidtun, das verspreche ich dir!", raunte der Bettler mir mit stinkendem Atem ins Gesicht.

„Halt einfach dein Maul Mann, sonst verpasse ich dir wirklich noch eine!“

Erst jetzt bemerkte ich wieder diesen stumpfen Schmerz in meinem Kopf und mir wurde leicht schwindelig und schlecht. Ich durfte jetzt nicht schwach werden. „Los Alison, wirf mir die Stricke zu, die ich dir gerade abgeschnitten hab, wir fesseln ihn damit!“

„Ja okay, warte gleich“, antwortete sie.

Ich würde ihn hier unten lassen und ihm die Polizei auf den Hals schicken, mal schauen, wie lange er dafür einsitzen würde. Aber leider kam es dazu nicht mehr.

„Lass ihn los!“ Eine drohende dunkle Stimme hinter mir gab mir den Befehl und ohne hinzuschauen, wusste ich, wer das war. Alison kreischte auf. Der Pirat unter mir fing an zu kichern. „Los runter du Mistkerl, hast du nicht gehört?“ Innerlich rang ich mit mir. Wenn ich den Typen jetzt loslassen würde, wären wir aufgeschmissen.

„Und was, wenn ich es nicht mache?“, fragte ich ohne mich umzusehen.

Die Wände um uns herum fingen an zu zittern und Staub und Mörtel lösten sich von der Decke.

„Ich lasse das Gewölbe einfach einbrechen und nehme euch eure Seelen jetzt gleich sofort!“

Verdammt! Nicht nur, dass ich wusste, dass er dazu wohl in der Lage wäre. Es wäre ihm bestimmt auch völlig egal, dass sein Diener mit uns hier unten begraben würde. Und er wollte unsere Seelen auch versklaven. Jetzt war mir klar, was er vorhatte. Er würde, wenn wir hier unten verreckten, einfach abwarten und wenn es ans Sterben ginge, würde er uns genauso wie alle anderen, unserer Seele berauben und wir wären ihm einfach ausgeliefert. Das konnte doch alles nicht wahr sein!

Wie konnte es bloß passieren, dass ich innerhalb von ein paar Tagen aus meinem normalen Leben herausgerissen wurde und nun in dieser abstrusen Situation steckte? Auf einmal sprang Alison nach vorne. Ich drehte etwas meinen Kopf und sah die wabernde Gestalt an der Rückwand. Die leuchtend gelben Augen fixierten uns.

„Weiche von uns, Dämon!“, schrie Alison und machte das Kreuzzeichen vor ihrer Brust. Zitternd stand sie vor der wabernden Masse. Erst kam keine Regung, doch dann donnerte schallendes Lachen, sodass weiterer Putz von der Decke rieselte.

„Aus welchem deiner kleinen, nutzlosen Büchlein hast du denn den Spruch Weib?“

Man merkte sofort das solche Bannsprüche nichts, aber auch gar nichts taugten. Sie würden wohl nur in irgendwelchen Hollywood Filmen - bei den Filmmonstern, Eindruck schinden.

„Ich ... ich ..." Alison stotterte und ging langsam, Schritt für Schritt wieder rückwärts zur Wand. Man sah ihr die Verzweiflung an. Ihr Blick traf auf Meinen.

Jetzt blieb uns nur noch diese eine kleine Möglichkeit.

Ich lockerte den Griff und setzte mich auf. „Los, runter Kerl!“ Der Pirat schüttelte sich und rieb seine Unterarme. Ich hatte wohl sehr fest zugegriffen; man konnte die roten Stellen meiner Finger erkennen. Ich stellte mich auf und ging zu Alison. Seite an Seite standen wir da und ich bemerkte Alisons Hand, die meine suchte. Vor Wut bebend, nahm ich sie und drückte fest, um ihr ein wenig Mut zu machen. „Was sollen wir bloß machen, Fletcher?“, flüsterte sie mir zitternd zu.

Der Pirat kniete sich hin und stand dann auf. Er drehte sich zu seinem Meister und verbeugte sich leicht. „Soll ich den frechen Kerl mal ein wenig mit dem Holz massieren, Meister?“

Er grinste schadenfroh in unsere Richtung. „Nein, das wird wohl nicht nötig sein“, dröhnte es aus der Wolke, die nervös hin und her fächerte.

Ich dachte angestrengt nach, was wohl passieren würde, wenn ich seinen Namen laut aussprach. Würde er dann einfach verschwinden? Ich konnte es mir eigentlich nicht vorstellen. Aber mir blieb nur noch diese eine Möglichkeit. „Pass genau auf was passiert Alison. Wenn es die Situation erlaubt, möchte ich, dass du so schnell wie möglich hier verschwindest!“, flüsterte ich ihr zu. „Wie? Warum, was hast du vor?“ „Pscht, leise! Mach einfach das du so schnell wie möglich hier rauskommst, hast du verstanden?“

„Ja, aber ...!“

„Nichts aber, ich komm schon zurecht.“

„Hey, was flüstert ihr da rum ihr beiden, hä?“ Der Pirat hatte scheinbar unser kleines Zwiegespräch mitbekommen.

„Ich hab mir nur gerade gedacht, dass ich gar nicht weiß, wie du eigentlich heißt, Pirat. Verstehst du? Wenn man schon besiegt wurde, möchte man doch schon gerne wissen, von wem!“

„Also, obwohl es euch einen Dreck angeht und ich diesen Namen schon lange nicht mehr benutze, sei´s drum“, antwortete er. „Mein menschlicher Name ist Peter Castle, aber ich bevorzuge doch weiterhin, als der Pirat zu gelten“, sagte er nicht ohne Stolz.

„Aha. Ja, das ist ja fein zu wissen Peter!“ Die nebelige Masse des Richters waberte unruhig, als ob er etwas ahnen würde. Konnte das sein?

Dann könnte es doch ein entscheidender Vorteil sein, wenn ich ihn mit seinem früheren Namen ansprach.

„Jetzt kennen wir also alle unseren Namen, nur nicht von seiner Durchlaucht, dem Richter.“ Ich bemerkte eine Farbveränderung in der Wolke und nervöse Schlieren.

„Sprich nicht so herablassend mit dem Meister, unwürdiger Wurm!“, herrschte mich der Pirat an.

„Kennst du denn seinen richtigen Namen, Peter? Unter Kumpels sollte man doch eigentlich keine Geheimnisse haben, oder?“

„Das tut hier nichts zur Sache! Ich werde für meine Dienste in Kürze meine Belohnung bekommen!“, feixte der Pirat.

„Ja klar, sterben wirst du und dann kannst du mit deiner Seele weiter die Drecksarbeit für deinen Meister erledigen und sonst nichts!“

Ich hoffte, dass ihm vielleicht mal ein Licht aufgehen würde, aber das war wohl nur ein Wunsch.

„Du hast doch gar keine Ahnung, worum es hier geht, du kleines Licht. Selbst wenn ich sterbe, so wird mein

Meister mich zum Anführer seiner Armee machen und bald werden wir dann die gesamte Menschheit unterjochen. Dann lacht keiner mehr über mich!“

„Weißt du was ich glaube, Peter? Ich glaube, dass nicht nur du, sondern auch dein Meister einen Vollschuss hat!“

„Bring ihn zum Schweigen Meister, oder lass mich ihm seinen Kopf zertrümmern!“, geiferte der Pirat und rollte mit seinen Augen.

„Lass ihn nur, er wird bald hier unten genug Zeit haben, sich zu besinnen. In Kürze werden er und seine kleine Freundin mir zu Füßen liegen!“, donnerte die Stimme aus der Wolke.

„Zu Füßen von wem?“, fragte ich provokant. „Zu den Füßen von einem Feld, - Wald, - und Wiesen Advokaten, der mal vor Urzeiten mit dem Kopf gegen `ne Mauer gerannt ist?“

Der Pirat konnte sich nicht halten und stürzte plötzlich nach vorne, um mir an den Hals zu gehen, aber er hatte nicht auf Alison geachtet. Als er mir zu nahe kam, trat sie ihm mit voller Wucht in den Unterleib, dass es nur so krachte. Der Tritt war so heftig, dass selbst mir bei diesem Anblick wieder die Schmerzen hochkamen. Sie schaute mich an, zog eine Augenbraue hoch und sagte: “Selbstverteidigungskurs für Frauen. Hat doch was gebracht, oder?“ Trotz der Situation lächelten wir uns beide an. Der Pirat lag benommen vor unseren Füßen und jaulte vor sich hin.

Die schwarze Masse des Richters blähte sich unheilvoll auf.

„Ihr habt gerade euer Schicksal besiegelt!“, schrie er. Im selben Moment fingen der Boden und die Wände an, zu wackeln. Dicke Putzbrocken fielen von den Wänden und wir konnten uns kaum auf den Beinen halten. „Raus hier, raus!“, schrie ich Alison zu, denn schon lösten sich die ersten großen Brocken aus den Wänden und polterten zu Boden. Selbst der Pirat versuchte, mit angsterfülltem Gesicht zum Ausgang zu kommen.

„Ihr kommt hier nicht lebend raus!“, verhöhnte uns die Stimme des Richters. Wenn nicht jetzt, wann dann?, dachte ich noch und schrie aus Leibeskräften: “Edward Brewster, sofort aufhören!“

Ein Schrei, wie ich ihn noch nie in meinem Leben gehört hatte, schallte durch das Gemäuer und ich dachte schon, dass es das jetzt war und die restlichen Mauerstücke von der Decke kommen würden, um uns endgültig unter ihnen zu begraben. Aber wir hatten Glück. Rücklings auf dem Boden liegend, beobachteten wir, wie sich die dunkle Wolke des Richters immer mehr zusammenzog und sich die Umrisse eines Menschen herausschälten, bis plötzlich der Richter in seiner wahren Gestalt vor uns stand. Immer noch riesengroß, mit wirren Haaren und ebenso wirrem Blick. Er trug altertümliche Kleidung und ich entdeckte, in seinem Gürtel steckend, seinen Richterhammer. Irgendetwas war jetzt anders an ihm. Er sah nicht aus wie Tom oder der Geist der Frau. Er war nicht leicht durchscheinend, sondern ein fester Körper, wie ein richtiger Mensch. Er stampfte mit dem Fuß auf den Boden. Sand und Steine sprangen zur Seite weg. Nun war mir klar, dass ich einen stabilen Körper vor mir hatte und das machte mir Hoffnung. Ich musste jetzt also nicht mehr mit der Luft kämpfen, mit einer körperlosen Gestalt, sondern nur mit geschätzten hundertzwanzig Kilo wild gewordener Richtermasse, die mich auch noch um einen Kopf überragte.

„Woher hast du diesen Namen Mensch?"

„Verrat ich nicht Edward!", schrie ich zurück und bemerkte entzückt, dass er bei der Nennung seines Namens zusammenzuckte. „Ich darf dich doch Edward nennen, oder?" Wiederum zuckte er zusammen.

„Nein, hör auf damit!"

„Lieber Eddi oder Wardi?", spottete ich.

„Dafür wirst du nun schmerzvoll sterben, du Wurm!" Mit Entsetzen sah ich, wie seine Hand zum Richterhammer griff. Mir blieb nur noch eine Möglichkeit. Aufschreiend stieß ich mich vom Boden ab und rannte - gebückt mit dem Kopf voran - in den Bauch des Richters. Ich war so froh, als ich fühlte, wie sein Körper nach hinten taumelte. Der Richterhammer, den er gerade aus seinem Gürtel gezogen hatte, verließ seine Hand und polterte zu Boden.

„Dafür wirst du büßen!“, donnerte er. Er packte mich am Hemdkragen und zog mich spielerisch auf die Beine, bis ich mit ihm auf Augenhöhe war. Meine Beine baumelten ca. dreißig Zentimeter in der Luft und mir wurde so langsam die Luft knapp.

„Jetzt sei mal nicht so sauer Edward“, zischte ich zwischen meinen Zähnen hindurch. Mit einem wilden Aufschrei warf er mich durch die Luft. Ich polterte mit dem Piraten zusammen, der sich gerade mühsam aufgerichtet hatte und wir stürzten zusammen gegen einen Mittelpfeiler, der als Stütze in der Mitte des Raumes stand.

Ich lehnte nun mit dem Piraten zusammen an diesem Pfeiler und wir bemerkten beide das unselige Knirschen über uns. Schon brachen die Ersten große Steine aus der Decke und polterten laut krachend neben uns zu Boden. Schnell wie der Blitz, sprang erst der Pirat auf und dann auch ich. Ich sah im Hintergrund den Richter und Alison, die noch immer auf dem Boden, aber fast genau an der Tür lag. Ohne lange nachzudenken, stürzte ich auf sie, und zog sie hoch. Immer mehr Steine kamen von der Decke und den Wänden herunter. „Kommt zurück ihr beiden!“, brüllte der Richter hinter uns her, aber ohne seinen Richterhammer, der noch irgendwo auf dem Boden rumlag, konnte er offenbar nichts weiter ausrichten. Es lag Staub in der Luft, der fürchterlich in den Augen brannte. Mühsam konnte ich die Tür erblicken. Alison keuchte neben mir und ich zog sie mehr, als das sie selber auf den Beinen rannte. „Los wir müssen hier raus, alles bricht ein!“

Ich schickte ein Stoßgebet zum Himmel, dass wir es noch raus schaffen würden. Wir strauchelten durch den Gang und ich bekam die untersten Sprossen der Leiter zu packen. Ich zog Alison zu mir und legte ihre Hand auf die Sprosse. „Los hoch mit dir!“ Ohne noch etwas zu sagen, und mit Todesangst in ihren Augen kletterte sie die Leiter hoch, ich dicht hinter ihr. Beim Zurückschauen sah ich die Umrisse des Richters in der Tür. Dann fiel fast die gesamte Decke mit einem Mal runter und begrub ihn unter sich.

Mit Müh und Not bekam ich gerade eben noch den Kopf und meinen Körper aus der Luke, da brach der halbe Fußboden ein. Ohne weiter nach links oder rechts zu blicken, fasste ich Alison an der Hand und stürzte mit ihr aus dem Haus.

Gerade noch rechtzeitig, denn hinter uns sackte ein Großteil des Hauses einfach weg. Mit brachialem Getöse rutschten die Dachpfannen vom Haus und zerdepperten beim Aufprall auf dem Boden. Wir standen Hand in

Hand auf der Wiese vor dem Haus und starrten ungläubig auf dieses Desaster. Nicht ohne Herzklopfen, da wir diesem Schlamassel in letzter Sekunde entronnen waren. „Mein lieber Herr Gesangsverein“, stieß ich hervor, „gerade noch mal gutgegangen!“

„Ja, das war echt knapp!“, keuchte Alison neben mir. Uns wurde bewusst, dass wir uns noch immer an den Händen hielten. Verschämt lösten wir uns aus dieser intimen Geste.

Wir klopften unsere Kleidung von Staub und Mörtelresten ab, als wir ein Jammern hörten, das von der Rückseite des Hauses zu kommen schien. Wir schauten uns kurz an und schlichen um das Grundstück. Wir mussten aufpassen, denn immer noch brachen Teile des Hauses ein. An der Rückseite angekommen, sahen wir den Piraten Peter Racke im Gras liegen. Er hatte fliehen wollen, aber beim Einsturz des Hauses musste ihn ein Dachbalken getroffen haben, der nun quer über ihm lag und sein Gesicht in den Boden drückte. „Arrrr, helft mir, es tut so weh, verdammt!“, keuchte er. Nicht ohne ein bisschen Genugtuung stand ich nun vor ihm. „Na, wo ist denn jetzt dein großer Herr und Meister, hm?“ Ich konnte nicht gerade sagen, dass er mir besonders leidtat. Tatsächlich hätte ich ihn da drunter am liebsten liegen gelassen, bis er verschimmelte. Kein großer Verlust für die Menschheit.

„Los Fletcher, hilf ihm bitte!“ Na klar Alison! Die Mutter Theresa der Geisteskranken hatte ihr mütterliches Herz entdeckt. „Hm, ja mach ich schon“, antwortete ich und wuchtete den Balken von dem Körper des Piraten runter. „Auahhh! Mann, sei doch mal vorsichtig, du Arsch!“, kam als Dank.

Mit einem verächtlichen Grinsen antwortete ich ihm: “Stell dich nicht so an, du Memme! Mir hast du eben noch eins übergebraten, dass mir jetzt noch die Birne wehtut. Sei froh, dass ich dir überhaupt helfe!“ Er schien sich aber tatsächlich - mehr als zuerst angenommen - verletzt zu haben, denn außer, dass er sich auf den Rücken drehte, jammerte er still vor sich hin, machte aber keine Anstalten zu fliehen oder sich ansonsten zu rühren. Er wahr also tatsächlich außer Gefecht gesetzt.

„Und was nun?“ Ich schaute Alison an.

„Was meinst du Fletcher?“

„Glaubst du, das war´s jetzt mit dem Richter? Du weißt schon! Er ist zwar jetzt unter einem Haufen Steinen und so begraben, aber er war ja schon vorher tot, oder nicht?“

„Ja, ist mir auch schon in den Sinn gekommen. Mit nervösen Gesten wischte Alison den Schmutz von ihrer Jeans. „Wahrscheinlich haben wir ihn nur kurzfristig schachmatt gesetzt, aber zerstört, oder wie man es nennen will, haben wir ihn bestimmt nicht." Ich schaute auf den Boden, zu dem immer noch jammernden Piraten.

„Vor allem haben wir nicht das erreicht, was wir erreichen wollten!", sagte ich. „Und das wäre?" Scheinbar unheimlich erheitert schaute mich Alison an. Sie hatte den einen Arm in die Seite gestemmt und schien mit sich selbst und der restlichen Welt komischerweise sehr zufrieden.

„Ja, was meinst du denn? Der Typ da unten im Keller, braucht doch nur wieder diesen Scheiß Hammer und dann geht sie wieder ab, die wilde Luzi!" Ich war echt verärgert über diese Sorglosigkeit von Alison und schnaufte.

„Könnt euch schon mal warm anziehen!", höhnte der Pirat von unten. „Ach halt`s Maul, sonst trete ich dir noch einmal in deinen Rücken!", gab ich zurück.

„Hey Fletcher, schau mal!", sagte Alison. „Ich weiß ja nicht, wann du das nächste Mal Geburtstag hast, aber ein Geschenk hab ich schon!", grinste sie und zog einen Gegenstand hinten aus ihrem Hosenbund. Es war der Richterhammer. Sie musste ihn auf dem Boden liegend irgendwie erwischt, und bei der Flucht instinktiv eingesteckt haben. Ich war sprachlos und der Pirat fluchte nun laut. „Mensch Mädel, ich könnte dich knutschen!", rief ich aus.

„Dann tu`s doch Blödi!“, sie grinste mich an und spitze die Lippen. Heißkalt huschten die Hormone durch meinen Körper. Wie sie so da stand. Die Haare immer noch wild und verstaubt um ihren Kopf. Schweißtröpfchen, die über ihr Dekolleté den Weg nach unten suchten. Die Augen geschlossen und ihr süßes Mündchen, das nur auf meine Lippen wartete. Das war das Schönste an der ganzen Sache, dachte ich und ging mit ausgebreiteten Armen auf sie zu. Ich schloss meine Augen, nahm sie in den Arm und wollte ihr einen dicken langen Schmatzer aufdrücken, aber kurz bevor ich ihre Lippen berühren konnte, drehte sie blitzschnell ihren Kopf zur Seite und mein Kuss erwischte nur ihre Wange, die ich nun feucht und hart drückte. Sie lachte laut auf und drückte mich sachte nach hinten. „Du Spinner, das reicht!“ Ich lachte verschämt mit. Naja, es war ein Anfang, dachte ich. Um aus dieser Situation zu kommen, sagte ich: „Zeig mir doch mal bitte diesen komischen Hammer.“ Sie reichte ihn mir. Er sah jetzt, wie er so in meiner Hand lag, überhaupt nicht magisch oder so aus. Es war lediglich ein Hämmerchen aus Holz. Zwar recht alt, aber nichts Besonderes. Ich wog ihn in der Hand und lies ihn ein paar Mal in der Luft rotieren und fing ihn in meiner Hand wieder auf. Der Pirat am Boden schnaufte jedes Mal. “Kannst du mir irgendetwas darüber sagen, mein Freund?“ Ich bückte mich zu ihm herunter und hielt ihm das Teil vor die Nase, immerzu darauf gefasst, dass er mit seinen Händen keine unnötige Bewegung hin zu dem Hammer machte. Zu meiner Überraschung zuckte er aber weg vor dem Teil. Etwas bereitete ihm eine Heidenangst.

„Leck mich!“, war das Einzige, was er dazu hervorbrachte.

„Das hättest du wohl gerne!“, antwortete ich. Ich stand wieder auf und steckte mir den Hammer in meinen Gürtel.

„Weißt du was Alison? Ich ruf jetzt für unser `n kleinen Schatz einen Krankenwagen, der ihn ins nächste Hospital bringt und dann gehen wir erst einmal zu mir nach Hause und ich gebe dir etwas zu trinken.“ Ich dachte dabei auch an eine kleine Dusche, und wie sie mit nassen Haaren und mit einem nicht allzu großen Badetuch vor mir her spazierte. Träumen durfte man ja wohl noch!

„Gute Idee, mir klebt nämlich die Zunge am Gaumen.“ Sie schnalzte mit der Zunge.

„Da, das ist der Mann! Der da bei der Frau, das ist der Vandale!“ Wir drehten uns um und sahen den Förster mit seiner Kampfwurst an der Leine, der mit ausgestrecktem Finger auf mich zeigte. In seiner Begleitung zwei Polizeibeamte. „Die haben mir gerade noch gefehlt!“, seufzte ich. Mir blieb aber auch gar nichts erspart. Ich hatte ja auch noch keine Zeit gehabt, Alison über den kleinen Vorfall mit dem

Geschichtsschreiber zu berichten. Die drei Leute kamen auf uns zu und hatten dabei immer das knarzende Haus im Auge, was ihnen sicher kein gutes Gefühl bereitete. „Mr. Fletcher?“ Der eine Polizeibeamte stand jetzt genau vor mir und musterte mich, den auf dem Boden liegenden, jammernden Piraten und Alison, die er für meine Verhältnisse ein wenig zu genau ansah. „Können sie mir - in Herrgotts Namen - mal erklären, was hier vorgefallen ist?“

Er seufzte und griff sich seinen Schreibblock aus der Brusttasche. Er schaute mich erwartungsvoll an und der Hilfs-Förster feixte ununterbrochen: „Vandale, hab`s ja gleich gewusst!“

Der andere Polizeibeamte nahm ihn allerdings am Arm und machte ihm klar, dass er die Luft, mal eben nur zum Atmen benutzen solle. Ich straffte mich und fing an zu erzählen, bedacht darauf nicht unbedingt den Richter oder andere übersinnliche Dinge zu erwähnen. Ich tat einfach so, als ginge es nur darum Alison aus der Gewalt des Piraten zu befreien, der sie aus unbekannten bescheuerten Gründen, hierhin verschleppt hatte.

Der Polizist zog die Augenbrauen hoch. „Und warum sind sie nicht zu uns gekommen und haben uns davon unterrichtet, anstatt auf eigene Faust vorzugehen und ein ganzes Haus in Schutt und Asche zu legen?“

„Wissen sie ..., ich hab nicht mehr richtig überlegen können, da es um Alison ging. Ich hatte solche Angst und ...!“ Mit einem Blick auf Alison meinte er: “Verstehe!“, er schaute mich an und kniff gönnerhaft ein Auge zu.

Er drehte sich zu seinem Kollegen um. „Hör mal, ruf die Einsatzstelle, die sollen einen Krankenwagen schicken.“ Er kniete sich zu dem Piraten hin. “Na mein Freundchen, was hast du dir dabei denn gedacht?“

„Ihr könnt mich mal alle kreuzweise! Der Richter wird sich rächen, ihr alle werdet noch sehen, was ihr davon habt!“ Er kicherte wirr, jaulte dann aber wieder auf und griff sich an seinen Rücken. Der Polizist schaute mich an. „Was faselt er da? Richter?“

„Sag ich doch!“, antwortete ich, „total *gaga* der Typ! Erzählt von Geistern und so ´nem Schwachsinn. Der hat`s voll an der Murmel!“ Alison drehte sich in dem Moment weg. Vielleicht dachte sie, man könne anhand ihres Gesichtsausdrucks, irgendetwas schlussfolgern.

„Die werden im Krankenhaus bestimmt feststellen, wie es um sein Oberstübchen bestellt ist“, sagte der Beamte. „Aber leider ist da ja noch etwas, Mr. Fletcher.“ Schuldbewusst schaute ich zu Boden. „Wir haben hier eine laufende Anzeige von einem gewissen Mister ...“, er schaute in sein Notizbuch, “Welch.“

Alison sah mich an. Mir wurde unangenehm heiß in meiner Haut. „Ich brauchte das Buch, denn ich wusste nicht genau, wo Alison festgehalten wurde und ...“

„Da dachten sie, ich leih mir das Buch kurz aus!“, vervollständigte der Polizist. "Äh, ja, so ähnlich“, stammelte ich.

„Kannst du mir mal eben dein Telefon geben?“ Alison zog mich am Ärmel und schaute mich strafend an.

„Ja, hier.“ Ich zog das Teil aus meiner Jacke. Sie riss mir wutschnaubend das Handy aus der Hand und ging ein paar Schritte weg, um ungestört zu telefonieren.

„Also Mr. Fletcher, Anzeige ist halt Anzeige, und weil es sich um ein wertvolles Buch handelt, was auch noch der Kirche gehört, muss ich sie wohl, trotz alldem hier“, er zeigte in die Runde, „mit auf die Wache nehmen.“

„Verstehe!“ Wurde wohl nichts aus der Duschparty mit Alison. Ich streckte dem Beamten meine Hände entgegen. „Was soll das?“, fragte er. „Naja, Handschellen denk ich, oder?“

„Mr. Fletcher, wir sind hier nicht in Amerika! Sie schauen mir nicht gerade aus, wie ein gewaltbereiter Schwerverbrecher. Ich glaube, wir können auf so etwas verzichten.“ Ich atmete erleichtert aus.

„Hier!“ Alison kam mit dem Handy zurück und gab es dem Beamten in die Hand. “Da ist Mr. Welch am Apparat, er möchte mal eben mit ihnen sprechen. Der Polizist nahm das Ding und hielt es an sein Ohr. Alison wand sich an mich: „Kann man dich keine paar Stunden alleine lassen, ohne das du so ´n Mist machst? Sie packte mich spielerisch am Ohr und zog daran, wie es eine Mutter machen würde, wenn ihr Kind sich an den Keksen vergriffen hätte.

„Aua! Sorry, tut mir leid! Ich wusste nicht, was ich machen sollte. Der komische Kauz wollte mich nicht einmal in das Buch schauen lassen und ich hatte doch so eine Angst um dich.“

„Ach ... hattest du also?“ Sie schaute mich nachdenklich an. Ihre Gesichtszüge wurden ganz weich. Aber blitzschnell änderte sich ihr Gesichtsausdruck wieder. „Aber trotzdem, denk doch mal ernsthaft nach, bevor du etwas machst. Du bist doch keine Fünf mehr, also wirklich.“ Mit zornigen Falten auf ihrem hübschen Gesicht stampfte sie auf den Boden. Aber ich sah auch, dass es sie insgeheim freute, dass ich mich um sie geängstigt hatte. Vielleicht ein Punkt für mich, dachte ich.

Der Officer hatte soeben das Telefonat beendet, klappte mein Handy wieder zu und gab es mir zurück. „Da haben wir aber Glück gehabt. Wie mir Mr. Welch gerade gesagt hat, verzichtet er auf die Anzeige, wenn sie mir dieses besagte Buch unverzüglich aushändigen. Unbeschädigt natürlich." Mir fiel ein Stein vom Herzen.

„Natürlich, sofort, es liegt in meinem Wagen."

„Ach, meinen sie das Fahrzeug, das dort geparkt wurde, wo eigentlich nur landwirtschaftliche Fahrzeuge fahren dürfen?" Wiederum zuckte ich zusammen. Gönnerhaft lies er seine Hand auf meine Schulter fallen. „War nur Spaß! Na dann lassen sie uns mal dieses Buch holen, und dann ab nach Hause. Alle weiteren Einzelheiten über diesen Vorfall können sie und ihre Freundin morgen auf der Wache erzählen. *Freundin* hörte sich gut an. Ich drehte mich um und schaute nach Alison. Lautlos formte ich mit meinem Mund das Wort „Danke". Sie formte lautlos zurück: „Schatzi." Es konnte sich aber auch um das Wort „Blödi" handeln. Ich konnte das nicht so leicht feststellen.

Nachdem ich dem Beamten das Buch überreicht hatte und der Krankenwagen, den immer noch laut jammernden und fluchenden Piraten abgeholt hatte, stand ich mit Alison immer noch vor der nun wirklich abbruchreifen Ruine. Wir schauten den davon fahrenden Einsatzfahrzeugen nach. „Mann, was ein Tag!", stöhnte ich. „Das kannst du laut sagen", antwortete Alison. Wir schauten stumm auf das halb in sich zusammengefallene Haus. „Meinst du, der liegt immer noch da unten im Keller?"

„Wenn du den Richter meinst ... ich glaube nicht.“ Alison sprach nur das aus, was ich mir dachte. Ich konnte mir einfach nicht vorstellen, dass er wie ein Mensch, eingeklemmt unter Tonnen von Steinen, gefangen war und nun auf seine Rettung hoffte. „Ich frage mich, wo Tom nun ist!“ „Du meinst diesen Geister Jungen, von dem du mir erzählt hast?“

„Jep, ich meine oder dachte, wenn ich dem Richter diesen Hammer hier wegnehmen würde, dann wäre er frei. Aber bisher ist er noch nicht aufgetaucht.“ Alison zog grübelnd die Stirn kraus. „Vielleicht stört es ihn, dass ich hier bin und deshalb zeigt er sich nicht.“ „Könnte möglich sein“, antwortete ich.

„Du, Fletcher?“

„Ja?“

„Steht dein Angebot wegen dem Getränk bei dir noch? Ich hab nämlich echt ziemlichen Durst.“

„Ja aber klar, sicher, ist ja nicht weit. Komm wir fahren.“

16

Auf der Fahrt zu mir nach Hause freute ich mich, dass ich durch Alison ein wenig abgelenkt wurde. Ich fragte mich außerdem, was sich aus diesem Abend noch so entwickeln würde.

Zu Hause angekommen blickte sich Alison ausgiebig um. „Scheinst ja noch nicht lange hier zu hausen.“ Sie betrachtete die halb ausgepackten Kisten und die wahllos verstreuten Gegenstände und Kleidungsstücke. Etwas verschämt räumte ich einen Stapel noch halbwegs tragbarer Hemden und Hosen von einem Stuhl und bot ihr den Platz an. „Danke, ich wollte mich schon auf den Boden setzen.“ „Ja weißt du, ich wohne hier erst ein paar Tage und bin durch diese ganze Geschichte mit dem Richter, zu nichts gekommen.“ Ich fand es ein wenig ungerecht, wahrscheinlich dachte sie, ich wäre so ein verschlampter Typ, der nur Bier süffelnd vor der Glotze abhing. Naja, bis vor ein paar Tagen, hätte dieses Bild ja fast gepasst.

Ich goss Alison ein großes Glas Wasser ein und gab es ihr. „Ah, danke. Ich hab das Gefühl, ich hätte den ganzen Tag in einem Steinbruch gearbeitet. Selbst jetzt knirschen noch die Sandkörner zwischen meinen Zähnen. Du weißt doch hoffentlich, wie wichtig trinken ist, oder?“

„Ja sicher, ich trinke auch ziemlich viel. Äh ... Wasser, meine ich.“

Ziemlich nervös ließ ich mich in einen Sessel sinken und fingerte mir die Zigaretten aus der Tasche. Ich musste jetzt erst einmal meine Nerven beruhigen. Dieser ganze Tag, und nun Alison hier in meiner Bude, das ging mir ziemlich an die Substanz.

„Tust du mir einen großen Gefallen?“, fragte sie. Ich schaute erstaunt auf. „Ja klar, was denn?“

Sie strich sich die Haare nach hinten und schaute mich mit geneigtem Kopf an. Mir wurde heiß und kalt. „Könntest du wenigstens auf dieses stinkende Zeug verzichten, wenn wir zusammen sind? Bitte!“ Das war jetzt nicht gerade die Frage, die ich erwartet oder erhofft hatte. Verdammt, und ich lechzte so sehr nach einem anständigen Zug aus dem Glimmstängel! Ich steckte die schon aus der Packung gezogene Fluppe wieder in die

Schachtel und warf das Päckchen auf den Tisch. „Klar! Wollte sowieso demnächst damit aufhören und wieder Sport treiben." Instinktiv zog ich meinen Bauch ein.

„Na, das finde ich toll." Sie strahlte mich an, erhob sich vom Stuhl, kam auf mich zu und ... griff sich die Packung mit den Zigaretten, knüllte sie zusammen und warf sie in meinen Abfalleimer. „Ich bin so stolz auf dich, echt!"

Mit leicht verblödetem Gesichtsausdruck hatte ich die ganze Szene verfolgt. Ob sie das extra machte, um mich zu ärgern? „Kein Problem, ich wollte zwar erst morgen damit anfangen, aber das is ´n Klacks", antwortete ich halb automatisch und verzog meinen Mund zu einem nachsichtigen Grinsen. Nur mein innerer Schweinehund trat mir mental in den Arsch.

„Man kann mit diesem Giftzeug nicht früh genug wieder aufhören, und einen richtigen Zeitpunkt gibt es nie, deshalb, jetzt sofort und man fühlt sich gleich besser." Sie strahlte mich an. Ich glaube jeder anderen, hätte ich erklärt, dass sie mich mal ganz gepflegt lecken könnte und ihr dann gezeigt, wo der Maurer das Loch in der Wand gelassen hatte, um wieder abzuhauen. Aber Alison schien eine besondere Art von Magie auszustrahlen und deshalb schluckte ich nur und nickte.

Verdammt! Der Hammer in meinem Hosenbund drückte mir unangenehm in den Bauch. Ich zog das Teil wieder heraus und betrachtete ihn aufs Neue. „Meinst du?“, fing ich grübelnd an, „wir müssen das Teil zerstören, um die ganzen Seelen zu befreien?“ Alison setzte sich wieder auf ihren Stuhl. „Kann schon sein. Ich weiß es nicht genau. Aus der Literatur, die ich kenne, kommen solche Gegenstände nicht oft vor, und wie wir ja auch mittlerweile gemerkt oder erfahren haben, trifft das, was in den Büchern steht nicht immer unbedingt zu. Ich glaube, wir sollten auf jeden Fall sehr vorsichtig sein, bevor wir ihn einfach so zerstören. Unter Umständen befreit das die Seelen dann nicht, sondern sie sind bis in alle Ewigkeiten hier an die Erde gefesselt.“

Ich glaubte nicht, dass Tom und die anderen Geister davon unbedingt verzückt wären. „Aber irgendetwas müssen wir doch tun können. Was weiß ich, irgendein Ritual abhalten, oder so was!“ Gedankenverloren kratzte ich mich an meinem immer noch etwas schmerzenden Hinterkopf. „Dann denk mal nach. Hat dir Tom irgendetwas über diesen Hammer erzählt? Fällt dir noch was ein?“, fragte sie.

Jetzt wäre ein kleines Zigarettchen die Lösung gewesen. Eine anstecken und nachdenken. Ich schüttelte den Gedanken aus meinem Kopf und versuchte nochmal alles Revue passieren zu lassen. Mir fiel die Geschichte wieder ein, als Tom mit dem Richter unterwegs war, um diese alte Frau abzuholen. Was hatte er da nochmal gesehen, als er seinen Kopf durch diese Tür gesteckt hatte? Der Richter hatte sich materialisiert und dann ...

“Er hat den Hammer benutzt wie zu seinen Lebzeiten!“ Ich glaube, ich hatte diese Erkenntnis fast geschrien, denn Alison zuckte aus ihren eigenen Grübeleien hoch und schaute mich überrascht an.

„Er hat was?“, fragte sie. „Tom hat mir erzählt, dass der Richter sich vor dem Bett der Frau materialisierte, den Hammer gegen das Bettgestell klopfte und sie damit verurteilte, ihm zu dienen. Verstehst du?!“ Ich rutschte unruhig auf meinen Sessel hin und her. Das musste einfach die Lösung sein und ich war unglaublich stolz, dass mir diese Erklärung eingefallen war.

„Du meinst also, man müsste den Hammer so einsetzen, wie der Richter es zu Lebzeiten gemacht hat, also auf den Tisch klopfen, um Ruhe bitten und so weiter?“

Ich verstand nicht, dass Alison an meiner These zweifelte. „Genau das meine ich!“ Ich stand auf und schaute mich im Raum um. Mein Glastisch, der in der Küche stand, machte sich doch unheimlich gut als Richtertisch. Alison stand nun auch auf und stellte sich mit ausgebreiteten Armen vor mich. Vielleicht wollte sie mich umarmen, weil ich so ein toller Typ war, aber es machte eher den Anschein, dass sie mein Vorhaben nicht gut fand und nun wusste, was ich als Nächstes machen wollte. „Fletcher, bist du dir da ganz sicher?“

Ich nickte trotzig und zuversichtlich. „Ich meine, was ist, wenn nur der Richter die Macht hat, dieses Ding da ...“, sie zeigte leicht angewidert auf den Hammer in meiner Hand, “... na, wenn nur er es benutzen kann, und es dir, wenn du es versuchst, nur Schaden würde?“ Sie stemmte die Arme in die Hüften und wollte wohl jetzt eine wissenschaftliche Erklärung von mir, warum mich der Hammer bei Benutzung *nicht* in ein Paralleluniversum sprengen würde.

„Ich weiß es ganz einfach Alison. Und ich werde es jetzt versuchen!“ Ich schob mich leicht sauer an ihr vorbei, weil mich immer alle so behandelten, als wäre ich noch ein Kleinkind, das nur Mist verbocken konnte. Alison hob die Arme. „Na gut, dann mach mal. Ich stell mich hier auf die Seite und warte ab, was passiert. Du hast doch hoffentlich einen Staubsauger im Haus?“

„Was zum ...?“ Was sollte das denn nun schon wieder? Ich hatte schon ausgeholt, um den Hammer auf die Glasplatte zu schlagen. „Ich meine, was willst du denn mit dem Staubsauger jetzt, hm?“

„Na, wenn dich gleich ein Blitz verschmort, dann kann ich wenigstens die dampfenden Reste beseitigen.“

„Sehr witzig, du bist ja grad `ne richtige Hilfe.“ Ich hatte mir jetzt etwas vorgenommen und wollte meiner kleinen ungläubigen Hexe beweisen, dass ich auch mal richtig lag. Ich hob also den Hammer, schlug drei Mal auf die Platte, das es nur so schepperte und verkündete mit befehlendem Ton: “Ich rufe dich herbei Tom, wo immer du auch bist. Komm her zu mir!“

Alison war mittlerweile in die hinterste Ecke zurückgewichen. Ich stand bewegungslos und wartete. Entweder, wäre ich gleich nicht mehr hier und nur noch das Hämmerchen lag auf dem Boden oder Tom würde mal so langsam hier erscheinen. Alison schien - nachdem sie mitbekommen hatte, dass ich nicht gleich sterben würde, wenn ich den Hammer benutzte -, ihre leicht sarkastische Ader wiederzuentdecken. „Vielleicht versuchst du es mal auf Latein?“ Mit vor der Brust verschränkten Armen stand sie da und grinste.

„Ach, das war wohl nur zu leise.“ Ich räusperte mich und wiederholte das Ganze, nun noch ein wenig lauter. Nichts.

„Die Einzigen die hier gleich auftauchen, sind wieder die Polizisten, weil irgendein Nachbar dich wegen Ruhestörung angezeigt hat.“

„Ha, sehr witzig.“ Irgendetwas machte ich falsch, aber was nur? Ich war mir so sicher, dass meine Annahmen stimmten. Ich grübelte und grübelte und meine

Fingerspitzen trommelten nervös auf der Glasplatte. Glasplatte?!

„Ich hab`s!“ Finger schnippend drehte ich mich um meine eigene Achse und suchte den Raum ab.

„Was hast du? Die nächste Lösung?“ Alison schaute mich stirnrunzelnd an.

„Holz ..., ganz einfach ... ich muss auf Holz klopfen oder meinst du, der Richter im achtzehnten Jahrhundert, hätte so ´n modernen Glastisch am Gericht gehabt? Ist doch ganz klar! An dem Abend mit Tom hat er vor das Bettgestell geklopft, weil es natürlich aus *Holz* war!“

Alison schien das gar nicht so zu sehen. „Ja klar, alle Bettgestelle sind aus Holz.“

„Jetzt sei doch mal ein wenig positiver eingestellt.“ Warum nur schien alles, was ich sagte, so falsch in ihren Ohren zu sein?

Ich suchte den ganzen Raum nach irgendetwas aus Holz ab, an dem ich den Hammer noch mal ausprobieren konnte. Plastik, Glas, noch mehr Plastik. Mein Gott, es musste doch etwas geben, das aus Holz war!

Alison schien zu wissen, was ich suchte. „Hau ihn dir doch gegen den Kopf.“

„Hä, was?“ Es dauerte leider einen kleinen Augenblick, bis ich verstand. „Ja, ganz toll Alison!“ Sie schien sich köstlich zu amüsieren.

Ich schaute zu Boden und ... na klar! Ich schlug den Teppich zurück und mich strahlte der Holzboden an. Triumphierend schaute ich zu Alison. „Na nur zu. Mach dich ruhig zum Affen und klopf die Holzwürmer aus dem Boden.“ Sie hatte sich wohl darauf versteift, dass meine Vermutung gänzlich falsch war.

Ich kniete mich aber trotzig hin, atmete nochmal tief durch und schlug auf den Boden ein. Drei Mal, weil ich dachte, das wäre die richtige Anzahl an Schlägen und rief dabei wieder nach Tom. Ich lies den Hammer sinken und lauschte, ob irgendetwas passierte. Aber einzig das Pfeifen in meinen Ohren setzte wieder ein. „Na toll, jetzt geht das wieder los.“ Ich steckte meinen kleinen Finger in das Ohr und wackelte hektisch hin und her.

„Was hast du?“ Alison schien besorgt und kam ein paar Schritte auf mich zu. Ich hob beschwichtigend eine Hand. „Nichts weiter, Tinnitus halt.“ „Hast du das schon länger?“, fragte sie.

„Ja, leider schon seit `ner geraumen Zeit“, antwortete ich.

„Stress! Du solltest es mal mit autogenem Training versuchen.“

„Ja danke. Mach ich gleich, wenn ich Zeit habe.“

Ich und Stress? Pfft. Ich ärgerte mich mehr darüber, dass meine These mit dem Hammer falsch war, aber als ich Alison gerade mitteilen wollte, dass sie wohl recht und ich unrecht hatte, da bemerkte ich in einer Zimmerecke, wie die Luft leicht zittrig wurde. „Moment mal, da!“ Ich zeigte in die Richtung der Erscheinung. Alison schaute in die von mir gezeigte Richtung.

„Was soll da sein?“ Anscheinend konnte sie keine Veränderung wahrnehmen. Entweder hatte mir der Schlag heute auf meinen Hinterkopf die Sehschärfe genommen, oder ...? Nein jetzt war es ganz klar. Ich konnte die Umrisse von Tom erkennen. „Es hat geklappt!“ Ich stemmte mich wieder hoch und hüpfte auf der Stelle wie ein Kleinkind.

„Was hat geklappt? Spinnst du jetzt komplett?“ Alison schien wirklich ein wenig Angst vor mir zu bekommen.

„Kannst du ihn nicht erkennen?“ Mittlerweile war Tom gänzlich aufgetaucht und strahlte mich an.

„Kumpel, du hast es geschafft. Mann - bin ich froh dich zu sehen!“, sagte er. Er breitete beide Arme aus und kam auf mich zu. Auch ich war nun mehr als froh, breitete ebenfalls meine Arme aus und lief ihm entgegen um ihn an meine Brust zu drücken. Ich war so erleichtert und zufrieden mit mir, dass ich wohl vergessen hatte, dass

Tom nicht aus Fleisch und Blut war. Deshalb sauste ich mit Schwung durch ihn durch und rappelte mit dem Kopf gegen die Wand. „Autsch!“

Alison schaute mitleidig zu, wie ich mich wieder aufrappelte.

„Meinst du, dass das der bessere Weg ist, deinen Geisterfreund hierherzurufen?“, lachte sie. Ich rieb mir die Stirn und blickte zu Tom. Er stand grinsend vor uns. „Sie kann dich nicht sehen, oder?“, fragte ich ihn. „Nö, kann sie wohl nicht. Ist aber nicht weiter verwunderlich, können ja die meisten nicht.“ Tom schien das ein wenig belustigend zu finden und wie zur Schaustellung seiner Aussage, ging er so dicht an Alison heran, dass eigentlich nur noch eine Briefmarke zwischen ihren Gesichtern Platz hatte.

„Kann es sein, dass ein Fenster offen ist?“, fragte Alison und schlug fröstelnd die Arme ineinander.

„Nein, eigentlich nicht. Warum? Ist dir kalt?“

„Ja ganz plötzlich bekomme ich `ne richtige Gänsehaut.“

„Sag ihr, dass es von mir kommt, Fletcher. Die meisten Menschen können zwar Geister nicht sehen, spüren aber ihre Anwesenheit, durch Kälte oder das Gefühl beobachtet zu werden. Frag mich nicht wieso, aber hab`s halt in den letzten Jahren festgestellt."

„Ich soll dir sagen, dass es die Anwesenheit von Tom ist. Das macht die Kälte aus. Übrigens: Er steht dir Nase an Nase gegenüber."

Fast war mir die Reaktion von ihr schon im Voraus klar. „Was?", sie sprang fast aus dem Stand einen Meter nach hinten und schaute ängstlich in die Runde. Tom lachte schadenfroh. „Na, sie is ja wirklich `ne Süße, aber ziemlich schreckhaft."

„Naja, wir haben heute schon `ne Menge erlebt und da ist es nur wahrscheinlich, dass die Nerven ein wenig bloß liegen", sagte ich zu ihm.

„Hört mal ... äh ihr beiden", fing Alison an, "es ist schon ein wenig verrückt, euch so beim Reden zuzusehen!"

Für sie musste es echt so aussehen, als wenn ein durchgeknallter Typ, also ich, mit der Luft, also Tom, redete. „Wo ist Tom denn jetzt?", wollte sie wissen und schaute um sich herum. „Keine Angst Alison, er steht jetzt neben mir. Übrigens brauchst du wirklich keine Angst vor ihm zu haben." „Das ist ja tröstlich!" Sie fuhr sich durch ihre zerzausten Haare.

„Kannst du mir denn jetzt vielleicht mal erzählen, was so abgegangen ist? Wie du bestimmt mitbekommen hast, war ich `ne Zeit außer Gefecht und bin jetzt echt froh, dass ich wieder hier bei dir bin. Also musst du ja irgendwie den Bann des Richters gebrochen haben“, sagte Tom.

„Ja, haben wir tatsächlich. Aber wo hast du denn überhaupt die ganze Zeit gesteckt?“ fragte ich.

Tom machte einen angewiderten Gesichtsausdruck und schüttelte sich. „Bitte frag nicht, ich glaube, die Bilder bekomme ich nie wieder weg.“

„Noch schlimmer als das Altersheim?“, fragte ich.

„Bitte Fletcher, nicht heute! Vielleicht die nächsten Tage. Außerdem haben wir eine Dame dabei.“ Er schielte verlegen zu Alison herüber, die sich mittlerweile auf meine Bettkante gesetzt hatte und mein Luftgespräch verfolgte. „Na, das scheint ja wohl richtig mies gewesen zu sein?“ Ich wollte nicht weiter nachfragen und fing an, die Begebenheiten des Abends mit ganzem Körpereinsatz vorzuspielen. Immer wieder machte er große Augen und im Nachhinein war ich selber erstaunt, dass wir so glimpflich davon gekommen waren. Als ich geendet hatte, lies ich mich auf einen Stuhl fallen und hatte wieder dieses enorme Verlangen nach einer Zigarette. Grimmig schaute ich zu Alison herüber. Ich war erstaunt, denn während meiner Erzählung, war sie vor Müdigkeit und Erschöpfung einfach auf meinem Bett eingeschlafen. Tom und ich schauten ihr zu, wie sie mit geschlossenen Augen, wie hingegossen auf meinem

Nachtlager ruhte. Ach wie schön wäre es, wenn ich mich nun an sie ankuscheln könnte und wir Arm in Arm schlafen würden. Ich stand auf und ging leise zu ihr herüber.

„Fletcher, mach jetzt keinen Quatsch."

„Hä?", ich drehte mich um. Er zeigte auf das schlafende Mädchen und wackelte mit dem Zeigefinger.

„Ach Blödsinn, was denkst du von mir?" Ich legte eine Decke über Alison, damit sie weiterschlafen konnte, und nicht fror.

„Ich dachte ja nur", sagte Tom.

„Aber Tom, meinst du, ich hätte echt so einen Notstand?"

„Mit deinen Augen hast du sie jedenfalls schon fast ausgezogen." Tom schien sehr gut in Gesichtern lesen zu können.

„Ach Blödsinn! Na klar mag ich sie, aber deshalb würde ich trotzdem so eine Situation nicht ausnutzen. Wenn sich mal etwas daraus entwickelt ... schön, aber bestimmt nicht so! Und nun Schluss Alter." Hätte ich noch mal auf mein Bett gesehen, dann wären mir unter Umständen, die blinzelnden Augenlider und das Lächeln um Alisons Lippen aufgefallen. Aber ich war zu sehr durch Tom abgelenkt und es wäre mir in diesem

Moment auch mehr als peinlich gewesen, dass mir dieses Geständnis rausgerutscht war. Womöglich hätte sie mich ausgelacht und mir zu verstehen gegeben, dass ich nicht ihr Typ wäre. Nein, so war es für mich besser, denn ich konnte mich wenigstens meinen Träumen mit ihr hingeben.

„Hör mal Tom, ich habe noch die ein oder andere Frage bezüglich des Richters und so. Ich möchte Alison aber nicht aufwecken. Wäre es möglich, das wir beide nach draußen gehen, um weiterzureden?" Ich war mir nicht sicher ob - obwohl der Richter anscheinend seine Macht verloren hatte - es Tom möglich wäre, sich frei zu bewegen.

„Klar", sagte er, „machen wir `ne Runde um den Block. Aber pass auf, dass dich nicht zu viele Leute sehen, wie du mit dir selber redest, denn sonst bist `e schneller in der Klapse, als du denkst."

Er grinste mich dabei zwar an, aber ich konnte mir vorstellen, dass er Recht hatte, und wollte vorsichtshalber darauf achten.

Ich schaute noch einmal zu Alison herüber und es schien so, als würde sie ruhig und tief schlafen. Hier musste sie in Sicherheit sein, dachte ich, denn der Richter schien durch den Verlust des Hammers keinerlei Macht mehr zu besitzen. Es würde schon in Ordnung sein, wenn wir sie für ein paar Minuten alleine lassen würden.

„Na dann komm mal, Casanova." Tom ging durch den Flur und verschwand einfach durch meine Tür. Ich bekam eine Gänsehaut, denn es sah mehr als unheimlich aus, wenn er so etwas machte. Ich zog mir meine Jacke über und war im Begriff ihm zu folgen, da ...

„Kommst du jetzt endlich?" Ich schrak zusammen, denn Toms Kopf glitt nochmals durch die Tür, um nach mir zu sehen.

„Mein Gott, erschrecke mich nicht so!" Ich packte schauspielerisch an mein Herz, um ihm so deutlich zu machen, dass er mir einen gehörigen Schrecken versetzt hatte. Meine Pumpe hatte mittlerweile genug ohne solche Scherze zu tun!

„Jetzt sei mal nicht so ein Weichei!", sagte er und zog seinen Kopf wieder zurück. Es schien ihm einen Mordsspaß zu machen, mir seine Fähigkeiten zu präsentieren. Ich lächelte verständnisvoll. Er hatte schließlich jahrelang niemanden gehabt, mit dem er sich unterhalten konnte. Es musste auch für ihn Klasse sein, sich mir mitteilen zu können. Mittlerweile war er ein richtiger Buddy für mich geworden und es machte mir ein echt mieses Gefühl, wenn ich daran dachte, dass er wahrscheinlich bald - und durch mein dazutun - von hier verschwand und ich nicht mehr die Gelegenheit bekam mit ihm zu quatschen. Ich seufzte und verließ leise meine Wohnung.

Ich ging die Treppe herunter und öffnete die Tür nach draußen. Es war wieder ein wenig kälter geworden. Dunkle Wolken trieben über den Himmel. Es sah ganz nach Regen aus, deshalb zog ich den Reißverschluss bis ganz nach oben und steckte fröstelnd meine Hände in die Jackentaschen. Ich schaute nach links und rechts und entdeckte Tom, an der Straßenecke stehend, auf die Straße schauend. Ich ging langsam auf ihn zu, aber er schien kaum Notiz von mir zu nehmen.

„Na, Tom, was schaust du so entgeistert?“ Das sollte ein Scherz sein, aber er reagierte nicht wie gewohnt mit einem Grinsen.

„Da ist genau die Stelle, an der ich mein Leben verloren habe.“ Er zeigte mir mit seinen Augen, wo er damals sein junges Leben aushauchte. Er tat mir in diesem Augenblick unendlich leid. Hätte er einen richtigen Körper gehabt, dann hätte ich ihn am liebsten feste gedrückt. So aber blieb mir nur, stumm neben ihm zu stehen und zu warten. Es dauerte nur ein paar Sekunden, die mir aber viel länger vorkamen, bis er sich kurz schüttelte und mich mit traurigen Augen anschaute. „Ich war an diesem Tag, als es passierte, wirklich richtig glücklich, weißt du? Wollte zu meiner Freundin und hatte nur sie im Kopf. Vielleicht, wenn ich besser aufgepasst hätte, ja vielleicht ...“ Er verstummte und ich konnte nur nicken.

“Manchmal Tom bekommt man Gottes rechten Haken ziemlich zu spüren. Es tut mir leid Tom, wirklich.“

„Ach schon gut. Wie du ja siehst, ist ja nicht wirklich alles vorbei, oder?“ Er zeigte mir ein missglücktes Grinsen. „Da hast du recht“, antwortete ich ihm.

Ich schaute mich um, denn es fiel mir wieder ein, was Tom vorhin in der Wohnung über Gespräche mit ihm in der Öffentlichkeit gesagt hatte. Aber nirgends war auch nur eine Menschenseele zu sehen. Die meisten Fenster waren schon dunkel. Bestimmt hatten sich die meisten schon zu Bett gelegt, weil morgen ein Wochentag war und viele früh am Morgen zur Arbeit mussten.

„Was wolltest du mich denn noch über den Richter fragen?“ Toms Frage riss mich aus meinen Gedanken. „Äh ... ja, die wichtigste Frage wäre natürlich, ob du auch glaubst, dass der Richter unschädlich gemacht wurde, indem wir seinen Hammer weggenommen haben. Was denkst du?“ Tom schaute nachdenklich und antwortete: “Ich glaube, dass man solch ein Wesen nicht gänzlich vernichten kann. Es sei denn, du wüsstest eine Möglichkeit ihn irgendwo hinzubefördern, wo er unmöglich wieder herauskäme. Einen Ort oder

Gegenstand oder vielleicht sogar einfach in die Hölle, da wo er hingehört, oder?“

Ich hörte nachdenklich zu und wog das eine und das andere ab. „Gute Frage. Ich befürchte, dass der Richter, wenn wir ihm nicht zuvorkommen, auf jeden Fall versucht sich wieder seiner Waffe zu bemächtigen. Und ich bin wirklich nicht dazu in der Lage, Tag und Nacht darauf aufzupassen.“

„Das glaube ich auch, aber ihn an einen Gegenstand zu binden kann auch nicht die richtige Lösung sein. Wer weiß schon, wie viel Macht er noch hat. Man wäre immer in Angst das er irgendwann, irgendwo auftauchen würde, um einen erneuten Versuch zu starten“, antwortete Tom.

Ich dachte angestrengt nach, aber desto mehr ich nachdachte, desto mehr schmerzte mir mein malträtierter Kopf. Es war einfach zum verrückt werden. Was macht man mit so einem Dämon, wenn man ihn erst einmal in die Enge gedrängt hat?

Es müsste einen Ort geben, der seiner bösen Macht so ausdrücklich gegenüberstand, dass es ihm seine ganze Kraft rauben würde, sich davon zu befreien. Zu seinem Chef in die Hölle würde ich ihn ganz bestimmt nicht senden, denn wenn er dort mit seinem Boss neue

Bosheiten ausheckte, kamen wir womöglich vom Regen in die Traufe. Nein, das kam ganz und gar nicht in Frage.

„Ich glaube, wir werden morgen früh noch mal mit Alison zusammen überlegen. Sie ist zwar ein kleiner Hitzkopf, aber ihre Ideen sind meist nicht schlecht“, sagte ich zu Tom.

„Gute Idee, aber ich an deiner Stelle würde mir nicht zu viel Zeit lassen, denn ich könnte mir vorstellen, dass der Richter nicht lange auf sich warten lässt. Er ist wie ein angeschossenes Tier und nun noch gefährlicher als zuvor und glaube mir, beim Nächsten Mal wirst du vielleicht nicht so viel Glück haben, wie du es heute Abend hattest.“ Ich wusste, er hatte Recht, aber ich war stehend K.O. und konnte kaum noch einen klaren Gedanken fassen. „Da gebe ich dir vollkommen Recht, aber ich kann heute Abend echt nichts mehr machen. Schon gar nicht den Richter beschwören und es nochmals auf einen Kampf ankommen lassen. Ich möchte ihm, wenn es schon sein muss, so stark wie möglich gegenübertreten. Sollen wir uns morgen treffen, was meinst du?“ Tom schaute mich an und mir kam in den Sinn, dass ich mittlerweile fast vergessen hatte, was er eigentlich war. Ein Geist, ein körperloser Mensch, der kein Zuhause oder sowas Ähnliches hatte. Bisher war auch noch nicht die Gelegenheit gewesen, ihn darüber zu befragen. Was machten Geister eigentlich so zum Feierabend? Würden sie schlafen oder so etwas Ähnliches? Fragen über

Fragen, aber die wichtigste Frage war, wo würde er hingehen? Plötzlich war mir klar, was ich ihm sagen wollte. Es war so klar vor meinem Geiste wie nur irgendetwas und für mich momentan so normal, wie man es sich nur vorstellen konnte. „Hey Tom", fing ich an und er schaute zu mir, "wie sieht`s aus? Hättest du Lust auf so `ne Art WG mit mir? Ich denke, es ist doch bestimmt langweilig so allein hier draußen, oder?"

Erst schaute er mich mit einem Gesichtsausdruck an, als ob er einen Verrückten erblickt hätte, dann aber strahlte plötzlich sein ganzes Gesicht und er meinte: "Mensch, weißt du was? Das hört sich echt klasse an. Mir ist elend langweilig und die anderen Geister gehen mir mittlerweile ein wenig auf den Keks. Ich meine klar, können wir das machen, es spricht nichts dagegen, oder?" Er schaute mich an, als ob ich das Regelbuch für Geister dabei hätte. „Na, ich meine, wenn es funktioniert, dann ist es auch in Ordnung. Es wird doch einen guten Grund dafür geben, das nur ich dich sehen kann und sonst keiner. Lass es uns einfach ausprobieren", antwortete ich ihm. „Wenigstens so lange, bis der Richter wirklich keine Gefahr mehr ist und ich weiter gehen kann", sagte Tom.

An diesen Moment wollte ich heute nicht mehr denken. „Komm, dann lass uns hochgehen und nach unserem Prinzesschen schauen." Und mit beschwingten Schritten und enorm guter Laune gingen wir zurück zum Haus und blödelten die ganze Zeit vor uns hin. Hätte in diesem Moment jemand aus dem Fenster geschaut, hätt` er mich lachend und mit einem imaginären Freund stolpernd und schubsend über die Straße taumeln sehen und im besten Fall geglaubt, dass ich ein Gläschen zu viel getrunken hatte.

Hätte mir vor ein paar Tagen jemand erzählt, dass mein nun bester Freund ein Geist wäre, ich hätte ihn für verrückt erklären lassen und einen großen Bogen um die Person gemacht. Momentan aber genoss ich die Gesellschaft von Tom. Ich hatte das Gefühl, ihn schon seit Jahren zu kennen. Ich versuchte mich zu erinnern, ob ich in den letzten Jahren überhaupt eine so enge Beziehung zu jemand anderem hatte. Mir fiel niemand ein. Bis jetzt gab es nur die Allerwelts-Bekanntschaften und Arbeitskollegen. Über: "Wie geht's" oder „Hast du das Fußballspiel gestern gesehen?", gingen diese Bekanntschaften meist nie hinaus. Und auch das Gefühl gegenüber Alison ... Ich dachte zurückblickend, ich hätte schon meine große Liebe gefunden, aber das, was ich im Moment für sie empfand, ging einfach noch ein ganzes Stück tiefer. Ich hatte ein unglaublich starkes Glücksgefühl in mir und hätte es nicht das Problem mit dem Richter gegeben, hätte ich vor lauter guter Laune singen können. Wir kamen schwatzend bei meiner Wohnungstür an und ich hatte gerade den Haustürschlüssel aus der Jacke gezogen, als ein langgezogener Schrei durch das Haus schallte. Tom und ich schauten uns erschreckt an, denn die Stimme war uns wohlbekannt. Alison schien in großer Gefahr zu sein und wir ahnten, dass es dafür nur einen Grund geben konnte. Vor lauter Aufregung und Angst um sie bekam ich den Schlüssel kaum ins Schloss. Tom meinte: "Ich geh rein. Ich bin schneller, aber komm du so schnell wie möglich nach!" Wie der Blitz verschwand er durch die massive Eingangstür. Ich stutzte einen Moment, öffnete dann aber die Tür und hechtete die Stufen herauf, immer drei auf einmal nehmend. Ich griff in den Hosenbund und atmete erleichtert auf. Ja, der Hammer steckte dort immer noch. Ich hatte soeben den furchtbaren Verdacht gehabt, ich hätte ihn im Zimmer liegenlassen, aber er war genau da, wo ich ihn brauchte und wenn der Richter hier Dummheiten machte, so würde ich ihn auch gegen ihn einsetzen. Wieder gellten Schreie und Rufe durch den Flur, die eindeutig von Alison ausgestoßen wurden. Die Geräusche verrieten mir, dass Gegenstände zerbrochen wurden und mir wurde heiß und kalt. Was würde ich erblicken, wenn ich ihn meine Wohnung kam?

Am liebsten wäre ich wie Tom einfach durch meine Etagentür gesprungen, aber weil die Gesetze der Physik für mich sehr wohl galten und ich mir wahrscheinlich nur wieder derbe den Kopf einrennen würde, musste ich erst die Tür öffnen, bevor ich die Wohnung betreten konnte. Ich konnte mittlerweile genau die Stimmen von Tom, Alison und dem Richter hören. Ich betrat den

Wohnraum und stand vor einer abstrusen Szene. Der Richter immer noch in seinem menschlichen oder sagen wir besser, dämonischen Körper hatte nach einem heftigen Kampf, denn man sah überall zerbrochene Gegenstände, Alison überwältigt. Er umfasste sie von hinten mit dem Arm und drückte ihr die Luft ab. Er hatte sie hoch angehoben, sodass sie nur noch mit den Fußspitzen auf dem Boden tänzelte. Tom stand mit angriffslustigem Gesicht vor den beiden und schrie den Richter an: „Lass sie sofort los, du Ungeheuer! Feiges Stück du!“ Er stürzte nach vorne, mit der Absicht ihn zu packen, aber er sauste durch beide durch und verschwand hinter ihnen in der Wand. Wäre die Situation nicht so gefährlich gewesen, man hätte laut lachen können. Denn sofort kam er wieder aus der Wand geschossen und wollte den Versuch wiederholen. Laut schnaufend stand ich nun also da und wusste nicht, was ich als Erstes machen sollte. Aber der Richter hatte mich schon erblickt. „Ah, da kommt ja mein lieber Freund. Ganz schön lautes und kampflustiges Weibchen hast du da. Ich kann verstehen, dass du sie so gerne hast. Ist sie auch so eine Wildkatze im Bett?“ Laut lachend prustete er und hob dabei Alison noch weiter an, sodass ihre Gesichtsfarbe nun langsam ins Rötliche ging. Sie starrte mich mit angsterfüllten Augen an.

„Ich bin ganz bestimmt nicht dein lieber Freund und an deiner Stelle, würde ich das Mädchen ganz langsam loslassen“, erwiderte ich. „Und genau das, werde ich ganz bestimmt nicht machen! Weißt du, früher in meiner glanzvollen und ruhmreichen Zeit als Richter und Dorfsprecher, da habe ich Leuten wie dir oder Hexen, wie deine kleine Freundin hier, die Qual erspart und sie gleich an Ort und Stelle von ihrem traurigen Erdenleben befreit. Gerade so, wie jetzt hier. Nur ein kleiner Ruck mit meinem Arm und sie wird schnell und ohne große Schmerzen ihren Körper verlassen.“ Er lachte wieder schaurig und meine Gedanken rasten. War ich schnell genug den Hammer zu ziehen und ihn damit zu bannen? Was wäre, wenn er Alison trotzdem tötete? Auf meiner Stirn begannen Schweißtropfen ihr Rennen nach unten und brannten schon in meinen Augen. Außerdem war ich so verdammt wütend. Der Richter schien meine Gedanken zu erraten: “Denk nicht einmal dran. In dem Moment, in dem du versuchst, meinen, ja, meinen Hammer, gegen mich einzusetzen, wird das Mädchen auf den Boden fallen, und noch bevor ihr Körper auf den Boden prallt, wird sie tot sein! Hast du verstanden?“

Und wie ich das hatte! ER hatte alle Trümpfe in der Hand und ich hätte mich am liebsten dafür geohrfeigt, dass ich sie hier allein gelassen hatte.

Ich brauchte den Rat von Tom und schaute mich hilfesuchend um. Aber er war nicht zu sehen. Er musste sich davon gestohlen haben und ich hatte es nicht bemerkt, ebenso wenig der Richter, aber ich glaubte, dass er ihn sowieso nicht für eine große Bedrohung hielt, sondern eher so betrachtete wie eine lästige Mücke, die einem manchmal nervend um die Ohren schwirrt.

Ich konnte nur hoffen, dass ihm etwas eingefallen war und er nun versuchen würde seine Idee in die Tat umzusetzen. Bis dahin war ich auf mich alleine gestellt und das behagte mir überhaupt nicht.

„So, mein Freund. Nun ziehst du meinen Hammer ganz langsam und sachte aus deinem Hosenbund, lässt ihn auf den Boden fallen und schiebst ihn mit deinem Fuß zu mir herüber.“ Alisons Gesichtsfarbe wechselte mittlerweile ins Blaue und es war nur noch eine Frage der Zeit, wann sie ohnmächtig wurde. Verdammt, ich wusste, wenn der Richter das Ding wieder in seinem Besitz hatte, dann wäre unser beider Leben keinen Pfifferling mehr wert, aber ich konnte es nicht darauf ankommen lassen. „Na gut“, antwortete ich, „du hast gewonnen, aber tu mir bitte den Gefallen und lass Alison ein wenig mehr Luft, ja? Du bekommst das Teil.“ Aber anstatt seinen Griff ein wenig zu lösen, spannte er den Arm noch mehr an und ihre Füße wirbelten wie bei einem Gehängten in wilder Panik über dem Boden herum. Es hatte alles keinen Sinn. Meine Bemühungen auf Zeit zu spielen, hatte er durchschaut und wollte nun den Druck weiter erhöhen. Er hatte wirklich gewonnen. Meine Schultern sackten nach unten und kraftlos packte ich den Hammer am Kopf und zog ihn aus dem Hosenbund.

„Ja! Guter Junge! Und nun auf den Boden damit und schieb ihn rüber.“ Mich widerte seine Großspurigkeit einfach nur an. Ich konnte in seinen blutunterlaufenen Augen das gierige Glitzern sehen. Seit er seine Waffe wiedergesehen hatte, lechzte er förmlich danach.

„Los, nun mach. Ich spüre, dass ihr Herz immer schwächer wird.“

Das versetzte mir einen Stich. Es schien so, als würde Alison versuchen mit dem Kopf zu schütteln, um mir zu signalisieren ihm den Hammer nicht zu geben, denn sie konnte sich ausmalen, dass wir danach sowieso sterben würden, aber ich hatte meinen Entschluss gefasst. Wenn es hier und heute zu Ende ging, dann wollte ich den Weg mit ihr zusammen beschreiten.

Polternd krachte der Hammer auf den Boden, als ich ihn durch meine Finger rutschen ließ.

„Ja, und nun zu mir damit ... ja!“ Die Stimme des Richters überschlug sich fast vor Verlangen. Er kotze mich an. Ich trat gegen das verdammte Ding und er rutschte fast bis zu ihm herüber, blieb aber an den Bruchstücken eines Aschenbechers hängen. Der Richter verzog das Gesicht und schaute mich hasserfüllt an. Dann packte er Alison, hob sie hoch und schleuderte sie wie eine Stoffpuppe zu mir herüber. Mit voller Wucht prallte sie auf mich und wir stürzten rückwärts in den Flur. Röchelnd packte sie sich an die Kehle und zischte:

„Dieser elende Drecksack!“ Ich stemmte mich hoch, saß nun mit ihr auf dem Schoß und schaute zu dem Richter, wie er sich langsam und mit tiefer Zufriedenheit dem Hammer näherte.

„So, ihr wolltet schlauer sein als ich? Ihr wolltet mich aufhalten? Ihr wolltet meinen Plan zerstören? Dafür werdet ihr beiden büßen! Und das bis zum Ende aller Tage.“ Desto näher er seinem Hammer kam, desto mehr zerflossen seine Konturen und er nahm immer mehr die schwarze nebelhafte Gestalt an, die ich vom Anfang her kannte. Nun würde er bald wieder seine ganze Kraft entfalten können, und dann kamen wir hier nicht mehr lebend raus!

Alison wand sich um und schaute mich an. Zornig funkelten ihre Augen. „Du Idiot, warum hast du ihm das Ding gegeben?“ Du Blödi!“ Sie knallte mir eine und ich war geschockt. In diesem Moment schaute sie mich traurig an und Tränen rollten ihre Wangen herunter. Schluchzend warf sie sich in meinen Arm und ich streichelte ihr über den Rücken. „Es wird alles gut, glaube mir.“ Dröhnend lachte der Richter auf. „Ja alles wird gut, alles!“ Er hatte den Hammer fast erreicht, in diesem Moment ...

... ging das Pfeifen in meinem Ohr wieder los. Allerdings nicht nervend leise. Sondern schrill und laut, sodass ich leicht keuchte und mir eine Hand aufs Ohr presste. “Der Stress“, fiel mir nur ein. Na klar, ich würde halb taub ins Reich des Todes eintreten. Das hatte auch noch zu meinem Glück gefehlt!

Es wurde kalt, sehr kalt. Alison musste es auch gemerkt haben, denn sie löste sich aus der Umarmung und schaute mich fragend an. Ich zuckte mit den Schultern und sah zu dem Richter, der nun vollends zu seiner dämonischen Gestalt zurückgefunden hatte. Auch er schien eine Veränderung gespürt zu haben, denn er verharrte auf der Stelle.

In diesem Moment tauchten überall in meinem Zimmer Schlieren auf und es materialisierten sich unzählige geisterhafte Gestalten. Geister, so wie Tom. Darunter auch die Frau, die mich auf die verborgene Luke hingewiesen hatte. Sie schwebten durcheinander und es war schwer, einzelne Geister wahrzunehmen. Ich konnte Tom darunter erkennen. Sie bildeten einen Kreis um den Richter. Die wabernde Masse des Richters blähte sich auf.

„Was passiert da, Fletcher?“ Alison starrte wie ich in den Raum, erkannte aber nur die Gestalt des Richters, nicht die Anwesenheit der anderen Geister. „Wir haben offenbar Verstärkung bekommen. Tom ist mit ein paar Freunden vorbeigekommen“, flüsterte ich ihr zu, immer noch dieses Spektakel im Auge behaltend. „Können sie denn irgendetwas gegen ihn ausrichten?“, fragte sie.

„Ich weiß es nicht, wir können nur hoffen!“

Der Richter versuchte jetzt wutschnaubend, den Kreis der Geister zu durchbrechen. Wild waberten die Schlieren in seiner nebligen Gestalt. Ich wusste, er wollte zu seinem Hammer, der nur noch einen Meter von ihm entfernt auf dem Boden lag.

„Ihr werdet, alle dafür büßen!“, schrie er auf, denn es machte ihm sichtlich Mühe, die Mauer der Geister zu überschreiten. Tom und die anderen Wesen strahlten hell auf, als er versuchte durchzubrechen. Tom wand sich um und sah mich mit weit aufgerissenen Augen an. „Worauf wartest du noch? Los, wir werden ihn nicht mehr lange aufhalten können!“ Jetzt erst machte es bei mir Klick. Die Überraschung, die mich teilweise gelähmt hatte, verließ meinen Körper und ich erkannte die Möglichkeit. Ich konnte jetzt den Hammer wieder an mich nehmen. Unsanft stieß ich Alison von meinem Schoß. Ich kroch zu dem Hammer. Der Richter schien das auch bemerkt zu haben und verfiel in einen lauten Sing-Sang. Das Haus, die Wände und die Möbel fingen an zu beben. Bilder, die an den Wänden hingen, fielen zu Boden und das Glas darin zersplitterte laut krachend. Jetzt musste es wirklich schnell gehen, denn ich glaubte, er würde es noch schaffen, auch dieses Gebäude einstürzen zu lassen. Mit schweißnassen Händen griff ich den Hammer und setzte mich auf die Knie.

Mein Herz raste und mir lief der Schweiß von der Stirn. Fast der ganze Raum war jetzt angefüllt mit der Masse des Richters und die Geister strahlten hell auf. Was sollte ich nun machen?

„Los Fletcher! Jetzt oder nie!“ Tom schrie.

„Edward Brewster, auch genannt der Richter!“, fing ich an. Die wabernde Masse des Richters zuckte und blitzte.

„Ich verurteile dich, bis in alle Ewigkeit im Petersdom in Rom zu verharren!“ Dabei schlug ich drei Mal so fest auf den Holzfußboden, wie ich nur konnte. Es gab einen markerschütternden Schrei. Der ganze Raum verdunkelte sich und ich nahm schon an, dass diese Verbannung wohl nicht geklappt hatte. In diesem Moment sackten die Schwaden zusammen und hervor kam die zusammengekauerte Gestalt des Richters. Mit blutigen Augen und wirrem Haar schaute er mich hasserfüllt und mit einem zur Grimasse verzogenen Gesicht an. „Dafür wirst du büßen, Menschlein!“

Ich verharrte immer noch kniend auf dem Boden. In diesem Moment gab es einen enormen Knall und der Richter wurde rückwärts, geradewegs durch eine Wand des Raumes hindurch weggezogen. Man konnte noch seinen gellenden Schrei vernehmen und dann war Stille. Solch eine Stille, wie man sie nur nach enormem Krach wahrnehmen kann.

Ich setzte mich auf meinen Allerwertesten und schnaufte durch. Den Hammer in meinem Schoß liegend, hoffte ich, dass wir es jetzt wirklich geschafft hatten.

Alison kam von hinten auf mich zugekrochen und schlang ihre Arme um meinen Hals. „Du hast es geschafft, wirklich, er ist weg!" Sie presste sich eng an mich und drückte so stark zu, dass mir die Luft wegblieb. Tom kam auf uns zu und blieb lächelnd vor uns stehen. „Tom ist da", sagte ich zu Alison. „Schön, dass du da bist, Tom." Sie lächelte aus tränenden Augen in die Richtung, wo sie ihn vermutete. „Petersdom, Rom?", fragte er.

„Mein Gott, in der Eile fiel mir nichts anderes ein! Wo kann man etwas so Böses denn sonst hinschicken, wenn nicht dorthin? Ich meine, da sind doch all diese hochheiligen Menschen und Gegenstände und so weiter ... du weißt doch, was ich meine", antwortete ich ihm. „Ich schätze mal, dass sie dort in nächster Zeit viel zu tun haben werden", sagte Tom und lachte.

„Ja bestimmt! Aber er kann doch nicht mehr von da weg? Wenigstens nicht, bis ich ihn davon lösen würde, oder?" Ich schaute Tom fragend an.

„Hoffen wir es mal! Na kommt ihr beiden, ich stell euch ein paar Freunde von mir vor." Er deutete in die Runde, auf die immer noch dastehenden anderen Geister. Die meisten lächelten, andere schienen erwartungsvoll. Es gab junge und alte, Frauen, Männer aber auch Kinder. Das mussten all die Seelen sein, die der Richter gefangen und versklavt hatte. An ihrer Kleidung konnte man sehen, dass manche schon lange in seinen Diensten standen, denn sie trugen Kleidung, die ich nur von Bildern aus früheren Zeiten kannte.

Tom stellte mir den einen oder anderen vor. Meistens nickten sie mir zu oder hoben die Hand zum Gruß. Eins der kleinen Geistermädchen machte einen Knicks und lächelte mich an. „Kann ich jetzt zu meinen Eltern?“, fragte sie mich. Das versetzte meinem Herz einen Stich. Ich beügte mich zu ihr herunter und sagte: “Ich glaube schon, jetzt da der Richter weg ist und ich seinen Hammer habe, werdet ihr bestimmt alle dort hingehen, wo ihr hingehört.“

„Oh prima, ich will sofort da hin, ja ja ja, bitte jetzt!“ Alle Geister schauten mich an. Sie bildeten einen Kreis um mich und ich konnte durch sie hindurch Alison in einer Zimmerecke stehen sehen. Es musste für sie ein komisches Bild sein, wie ich mit - für sie unsichtbaren - Geistern sprach. Aber sie ahnte sicher, worum es gerade ging. Tom kam zu mir und lächelte mich an. „Ich hatte mich so auf eine lange Zeit mit dir gefreut, mein Freund“, sagte er und in diesem Moment wusste ich, dass es Zeit für den Abschied war.

Bis vor Kurzem, hatte ich nur gewollt, dass er mich in Ruhe ließ und nun, hätte ich ihn am liebsten für immer um mich gehabt. Er war in der kurzen Zeit mein bester Freund geworden und es tat nun verdammt weh, ihn gehen lassen zu müssen.

Verstohlen wischte ich mir eine Träne aus dem Augenwinkel. „Na denn“, sagte ich und straffte meinen Körper, “ihr müsst jetzt wohl alle weiter.“ Die alte Frau löste sich aus dem Kreis und kam auf mich zu. “Sag meinem Mann, dass ich auf ihn warten werde und er nicht traurig sein soll, dass ich ihn nun nicht mehr besuchen kann, ja?“ Ich nickte nur, denn mir war klar, dass es die Frau von Mr. Brooks sein musste. Sie gesellte sich wieder zu den anderen.

Ich kniete mich hin und nahm den Hammer fest in meine Hand. Mit leicht brüchiger Stimme sagte ich: “Hiermit seid ihr alle frei und könnt hingehen, wo immer ihr auch hin wollt.“ Dabei schlug ich wieder dreimal auf den Boden.

Ich schaute zu Tom und in diesem Moment strahlte ein helles Licht an einer meiner Wände auf, das immer heller und größer wurde. Eine warme Welle erfasste mich. Auf einmal fühlte ich mich so sicher und zufrieden, wie noch nie in meinem Leben. Das Licht zog einen förmlich an und am liebsten wäre ich aufgesprungen und vor allen anderen da hinein gelaufen. Aber ich blieb an Ort und Stelle und sah nur zu, wie nach und nach die einzelnen Geister darauf zuschwebten und darin verschwanden. Alison stand immer noch in der Zimmerecke und presste ihre Hände auf ihr Herz. Irgendetwas konnte sie wohl auch wahrnehmen. Es blieben jetzt nur noch das kleine Mädchen und Tom übrig. Das Mädchen hüpfte auf das Licht zu und rief: "Mama, Papa, da bin ich! Hallo, ich komme!" Sie drehte sich noch einmal zu mir um und winkte, bis sie im Licht verschwand. Nun ging Tom auf das Licht zu. Er stand schon davor. Er drehte sich zu mir um und sagte: "Du bist ein klasse Freund, Fletcher. Wir sehen uns bald wieder." Ich zuckte zusammen und stand auf. "Wie jetzt, wirklich?" Ich war erstaunt.

„Na ja", sagte er, „ewig wirst du ja wohl nicht leben, oder?"

Er grinste. Da hatte er Recht und irgendwie wusste ich ja jetzt, dass es nach dem Tod weitergehen würde.

Eine tiefe Ruhe machte sich in mir breit. „Ja", sagte ich, "da hast du Recht und ich freu mich auf dich." Er reckte den Daumen nach oben. „Aber jetzt hast du erst einmal noch etwas Zeit hier und ich glaube du wirst Spaß haben", sagte er und schaute schelmisch zu Alison herüber. Ich nickte und hob die Hand zum Abschied. Ich konnte es nicht verhindern, mir kamen die Tränen und ich ließ sie einfach über meine Wangen laufen.

Tom ließ seinen Kopf sinken und drehte sich um. Er schritt voran und wollte gerade in das Licht gehen, als plötzlich das Licht wegploppte! Von jetzt auf gleich war es nicht mehr da und Tom stand vor meiner Zimmerwand.

Mir blieb die Luft weg, weil es so überraschend kam. Tom drehte sich um, schaute mich mit großen Augen an und fragte: “Und was bitte schön, soll das jetzt?“ Ich zuckte mit den Schultern und wischte mir schnell die Tränen aus dem Gesicht.

Ich ging herüber zu Tom, der ungläubig die Wand absuchte. Er sah mich mit verwirrtem Gesichtsausdruck an. „Verdammt Fletcher, kannst du mir mal erklären, warum ich nicht hindurchgehen konnte?“

Er zeigte auf die Wand, wo eben noch das helle Licht strahlte und so einen Zugang für die Geister gebildet hatte. Aus irgendeinem Grund konnte, oder durfte Tom nicht hindurch.

Alison gesellte sich zu uns und fragte: “Was ist denn los? Ist Tom noch da? Fletcher, ich habe das Licht gesehen. Oh mein Gott, es war so schön ... das Schönste was ich je gesehen und gefühlt habe.“ Ich drehte mich zu ihr um. „Da hast du Recht. Es war wirklich wunderschön und ... Tom ist immer noch bei uns. Er konnte aus irgendeinem Grund nicht hindurchgehen.“

„Das tut mir sehr leid für ihn, wirklich, aber vielleicht hat er hier noch etwas zu erledigen“, antwortete Alison.

„Und was bitteschön?“ Tom schien etwas aufgebracht zu sein. „Ich fasse es einfach nicht. Jetzt sind wir mit diesem Richter endlich fertig geworden, und nun das!“ Er wirkte wirklich ein wenig verzweifelt.

„Na nun mal den Kopf hoch, Tom“, sagte ich zu ihm. „Wahrscheinlich wirst auch du in Kürze abgeholt. Es könnte ja sein, dass der Fahrstuhl einfach nur voll war.“ Ich grinste ihn an.

„Toller Witz, Fletcher. Und was nun?“

Ja, was nun? Nach der ganzen Aufregung der letzten Tage und den Anstrengungen war ich einfach überfragt. Ich schaute abwechselnd von Tom zu Alison. Beide blickten mich an, als ob gerade ich alle Antworten parat hätte. „Ich mach uns jetzt einen Tee und dann werd` ich dich“, ich zeigte auf Alison, “schnell nach Hause fahren. Ich glaube, eine Dusche und ein Bett werden dir jetzt guttun.“

„Oh ja, da hast du aber so was von Recht!“, antwortete sie. Am besten treffen wir uns morgen früh alle zusammen bei mir im Laden. Dann können wir überlegen, wie wir Tom helfen können.“ Ich blickte wieder zu Tom und er nickte nur schwach. „Okay“, sagte ich und fing an, das Wasser für den Tee heißzumachen.

Nachdem wir die Tassen schweigend ausgetrunken hatten, fuhr ich Alison ohne weitere Ereignisse zu ihr nach Hause. Beim Abschied an der Tür drückte sie mir noch schnell einen kleinen Abschiedskuss auf die Wange. „Danke Fletcher, du hast uns heute Abend das Leben gerettet. Bis morgen.“ Und sie verschwand so schnell durch ihre Tür, dass ich nur noch dastehen konnte, und meine Wange mit meinen Fingern befühlte. Leicht schwammig im Kopf, fuhr ich wieder zurück.

In meiner Wohnung angelangt, sah ich Tom still und nachdenklich auf meinem Sessel sitzen. Ich setzte mich ihm gegenüber. Er schaute auf und sagte: “Ich habe mir gerade so meine Gedanken gemacht. Könnte es vielleicht sein, dass wir beide noch etwas zu erledigen haben?“ Ich war erstaunt. Ich hatte zwar ansatzweise einen ähnlichen Gedanken gehabt, ihn aber nicht weiter verfolgt. „Hmm, tja, ich weiß ja nicht Tom. Vor allem: Um was könnte es sich denn da drehen?“ Ratlos stützte ich meinen Kopf in die Hände und dachte darüber nach, kam aber zu keinem Ergebnis. Nach einer Weile machte ich mich fertig fürs Bett, wünschte Tom, der immer noch nachdenklich dasaß, eine gute Nacht und schlief nach kurzer Zeit tief und fest ein.

17

Am nächsten Morgen wachte ich mit dem Gefühl auf, alles, was ich erlebt hatte, nur geträumt zu haben. Ich drehte mich zur Seite und schaute Tom in sein Gesicht. Ich zuckte zusammen. „Mein Gott Tom, wie lange sitzt du da schon und schaust mir beim Schlafen zu? Weißt du, dass so was absolut gruselig ist?“

Tom zuckte nur mit den Schultern. „Und weißt *du* eigentlich, wie langweilig so eine Nacht ist, wenn man nichts anderes machen kann, als umherzuwandern und nichts, auch wirklich gar nichts, berühren oder bewegen kann? Was glaubst du, wie gerne ich mir den Fernseher eingeschaltet, Musik gehört oder meinetwegen auch nur eines deiner Bücher durchgelesen hätte?“

Das musste wirklich sehr frustrierend sein. Ich setzte mich im Bett auf und überlegte. „Welche Musik hörst du denn gerne oder welche Art von Büchern magst du?“, fragte ich Tom.

„Ich habe gerne Depeche Mode gehört. Bei Büchern war ich nicht so wählerisch. Ich hab fast alles gelesen“, antwortete er. Mir kam plötzlich eine geniale Idee.

Schnell sprang ich aus dem Bett und blieb mit dem Fuß in der Bettdecke hängen und hätte deswegen beinah Bekanntschaft mit meinem Fußboden gemacht. „Stehst du immer so auf?“ Tom grinste spöttisch. „Nur nach Endkämpfen mit Dämonen“, schnaubte ich zurück.

Ich riss einen noch verschlossenen Umzugskarton auf und kramte darin herum. „Suchst du etwas Bestimmtes? Klopapier oder Ähnliches?“ Ich musste unbedingt eine Beschäftigung für Tom finden. Ich war ja selber nicht um dumme Sprüche verlegen, aber er hatte einfach zu viel Zeit, sich welche auszudenken.

„Ah ja, da is er ja!“, rief ich aus und reckte meinen alten Laptop wie eine Trophäe in die Höhe.

„Sehr schön Fletcher, haben wir nicht etwas Besseres zu tun, als deinen Facebook Account zu aktualisieren?“

„Du wirst schon sehen, alter Knabe und dann wirst du noch dankbar sein“, gab ich zurück.

„Da bin ich aber echt gespannt“, antwortete Tom und kam näher heran, um mich dabei zu beobachten, wie ich das Equipment zusammenbastelte. Es dauerte eine Weile, bis der altersschwache Rechner ansprang.

„Windows 95? Alter, wo hast du den denn ausgegraben? Der ist ja älter als ich!“

Tom hatte scheinbar Ahnung von der Materie. Verschämt wiegelte ich ab. „Für die Dinge, die ich damit mache, reicht der völlig aus.“ Tom schnaubte: “Bin ja schon mal froh, dass du keine Pferdekutsche vorm Haus stehen hast.“

Ich grinste nur, denn ich glaubte fest, dass meine Idee geradezu genial war und Tom im Nachhinein froh sein würde.

Ich suchte eine passende Musik und stellte die Boxen gerade so laut, dass man sie gut hören konnte. „Hey Klasse, toller Sound. Lass laufen.“ Er fing an, mit den Füßen zu wippen.

„Und jetzt kommt das Beste, Tom.“ Ich rief meinen Reader auf und suchte einen schönen Fantasy-Krimi für ihn heraus. „Liest du schnell oder langsam?“, fragte ich Tom.

„Ich habe immer recht schnell gelesen, warum?“

„Darum!“ Ich schob ihm den Lappi rüber. Ich hatte den Reader so eingestellt, dass er nach einer halben Minute automatisch umblätterte. So konnte er Musik hören *und* lesen und musste sich nicht jede Nacht langweilen. Tom machte große Augen und strahlte über das ganze

Gesicht. „Mensch, total Klasse, Alter! Das ist das beste Geschenk ever!"

Ich freute mich unsäglich, dass ich ihm eine Freude machen konnte. „Und weißt du was, Tom? Wenn du mal einen Abend keine Lust auf Musik oder lesen hast, dann suchen wir dir vorher ein paar Filme aus. Die kannst du dann ganz entspannt ansehen, während ich schlafe. Was hältst du davon?"

Er starrte gebannt auf den Bildschirm und war schon eifrig am Lesen. Er streckte den Daumen nach oben und rief: "Top!"

Meine Laune war heute Morgen unheimlich gut. Immer wieder schaute ich zu Tom, wie er im Takt der Musik wippte und dabei sein Buch las. Während der Morgenwäsche und Rasur schaute ich in meinen Spiegel und schüttelte immer wieder lächelnd den Kopf. Nie im Leben hätte ich daran gedacht, dass mein Leben sich in so kurzer Zeit, so spektakulär ändern würde. Es war skurril, aber etwas in meiner Brust fand die ganze Entwicklung unheimlich toll und machte mich sehr zufrieden.

Nachdem ich fertig war, zog ich meine Jacke an und stand im Flur. „Hey Tom, komm wir wollen los. Alison wartet!" Tom machte keine Anstalten zu gehen.

„Weißt du was? Geh du alleine zu ihr. Ich meine, ich will da nicht stören, ja? Knickknack!“ Er kniff ein Auge zu und grinste.

„Idiot“, grinste ich zurück. „Aber es geht doch auch um dich, oder?“

Tom sprang auf und kam zu mir. „So wie ich das sehe, hab ich ne Menge ... ne ganze Menge Zeit. Und wie es so aussieht, geht’s mir doch gar nicht so schlecht, oder? Deshalb, schau du, ob du mit Alison etwas herausbekommst und ich ... Ach verdammt! Jetzt ist die Seite weg! Kannst du mal eben zurückblättern?“

Ich hatte verstanden. Ich blätterte die Seite zurück, damit er weiterlesen konnte, und klapperte mit den Autoschlüsseln. „Ich geh dann mal. Bis gleich!“

„Jep, bis gleich und grüß schön!“ Wie ein ausgehungerter Bücherwurm steckte Toms Kopf fast im Bildschirm und es sah so aus, als könnte die Welt untergehen, aber er würde einfach weiterlesen. Ich hatte die Tür schon geöffnet, da rief er mir hinterher: “Vergiss den Hammer nicht!“

Oh ja, verdammt! Der Hammer! Den hatte ich mittlerweile schon gar nicht mehr auf meinem Radar. Würde ich den jetzt für alle Zeiten mit mir herumtragen müssen? Ich ging also noch mal zurück ins Zimmer und steckte mir das Teil in die Innentasche der Jacke.

„Fletcher, der Dämonenjäger, hat seine Waffe und ist bereit zu weiteren Schandtaten“, rief ich gut gelaunt. Mit federnden Schritten ging ich zu meinem Auto.

Dämonenjäger? Ich saß im Auto und überlegte während der Fahrt in die Stadt, ob mir dieser Beruf Spaß machen würde. Nein, dachte ich, ganz bestimmt nicht und bitte bewahre mich vor noch so einem oder ähnlichen Erlebnis. Ich war froh, dass wir alle aus diesem riesigen Schlamassel ohne großartige Verletzungen herausgekommen waren. Und ich fühlte mich sicher auch nicht zu solchen Situationen hingezogen. Ab jetzt würde mein Leben wieder ein wenig einfacher, da war ich mir absolut sicher.

Während der Fahrt hatte ich mein Radio angedreht und pfiff vergnügt die Melodien mit. Das Wetter war gut und ich freute mich schon darauf, Alison zu treffen. Vielleicht würden wir jetzt einmal ein wenig Zeit miteinander verbringen. Ich war guter Dinge, denn ich hatte mich ja nicht gerade als Volltrottel präsentiert und der Abschiedskuss gestern machte mir weitere Hoffnungen. Selbst die heutige Parkplatzsuche machte mir keine Probleme. Kaum auf dem Parkplatz angekommen, zog ein BMW aus einer Parklücke und ich brauchte nur noch locker einzuparken. Beim Aussteigen bemerkte ich die schon zur Genüge bekannte Knöllchen-Fee. Aus den Augenwinkeln beobachtete ich sie und konnte feststellen, dass sie wie ein

Hühnerhabicht auf der Lauer lag, um zu schauen, ob ich mir ein Ticket zog.

Ich schlenderte gekonnt lässig zu dem Automaten und kramte ein paar Münzen aus der Tasche. Der Preis für eine Stunde parken war zwar saftig, aber selbst das konnte mich heute nicht aus der Ruhe bringen. Das Ticket Monster surrte leicht, als es meine Münzen verdaute, und spuckte zur Belohnung mein Zettelchen aus. Ich ging zurück zu meinem Auto und winkte mit dem Ticket meiner Freundin zu, die wohl nicht so sehr von mir - oder der Situation angetan war, denn sie verzog ihr Gesicht, als hätte sie in Hundekacke getreten! Schnell klemmte ich den Beleg von innen an die Scheibe und mit beiden Händen in den Taschen ging ich pfeifend meinen Weg.

Schon von Weitem konnte ich das beleuchtete Schaufenster von Alisons Laden sehen und war unheimlich froh. Andererseits pochte mein Herz, denn ich war gespannt darauf, wie sie heute auf mich reagierte. Jetzt mach dir mal nicht ins Hemd, Junge!

Ich tadelte mich selber, denn wer die letzten Tage so überstanden hatte wie ich, der sollte doch wohl mit so einer Situation klarkommen. Ich schaute durch ihr Fenster und sah sie an ihrem Tresen sitzend, die Haare nun glatt gebürstet über ihre Schultern fallend, bei einer Tasse sitzen, an der sie ab und zu nippte. Sie hatte mich bemerkt und ihr Gesicht strahlte auf. Sie winkte mich mit ihrer Hand herein. Ich wischte mir meine schweißnassen Hände an der Hose ab und betrat das Geschäft. Wieder bimmelte das kleine Glöckchen über der Tür und mit leicht wabbeligen Beinen und verlegen grinsend ging ich zu ihr herüber. Sie saß immer noch nach vorn über etwas gebeugt und las wohl angestrengt, denn es bildete sich diese kleine Zornesfalte über ihrem Nasenrücken. Sie blickte nur kurz auf und meinte: "Hey Fletcher, schön das ihr da seid. Nimm dir doch bitte den Stuhl da vorne. Und wenn du Tee möchtest, das Wasser ist noch heiß. Sie kratzte sich am Kopf und las weiter in einer Zeitung. Es handelte sich um eine lokale Zeitung, die ich schon öfter angeboten bekommen, aber bisher immer dankend abgelehnt hatte.

„Tom ist nicht mitgekommen, Alison." Ich musste mich daran gewöhnen ihr die Situationen mit Tom immer wie ein Radio Reporter zu schildern, denn wie gehabt, leider konnte sie ihn nicht sehen. „Ach wie schade", war erstaunlicherweise das Einzige, was sie darauf erwiderte.

„Ich glaube, er will sich von der ganzen Sache erholen und mal abspannen", fachsimpelte ich.

Alison lachte auf und warf ihre Haare zurück. „Der war gut Fletcher. Schade, dass wir davon keinem anderen etwas erzählen können. Der Geist, der sich erst einmal erholen muss! Klasse."

Naja, ein wenig ulkig hörte es sich schon an, musste ich gestehen. Aber eigentlich traf es doch sehr gut den Punkt. Mich wunderte es nur, dass sie nicht verärgert war, denn hauptsächlich wollten wir uns ja wegen ihm hier treffen. Man verstehe die Frauen.

Ich goss mir eine Tasse heißes Wasser ein und hängte einen der vielen Teebeutel hinein.

„Komm Fletcher, setz dich zu mir. Ich bin gleich fertig und muss dir etwas zeigen." Neugierig und darauf bedacht, mir nichts von dem heißen Nass über die Finger zu schütten, gesellte ich mich zu ihr und betrachtete sie, während sie den Artikel zu Ende las, bei dem sie immer wieder kurze Schnauf- und Zischlaute ausstieß. Mittlerweile war ich sehr gespannt, um was es da ging. Ich pustete über die heiße Tasse und wollte gerade daran nippen, als Alison aufschaute und sagte: „Fletcher, wir haben einen neuen Fall! Ich glaube, eine Seele ist in Not und ich glaube, nur wir drei werden ihr helfen können. Pack deinen Koffer und Tom. Wir werden noch heute nach Clapham fahren!"

Ich starrte sie ungläubig an. Die Tasse verharrte ein Stück vor meinen Lippen.

„Und was sollen wir da?" In meinem Kopf wirbelten die Gedanken.

„Ja, verstehst du denn nicht? Warum sind wir drei aufeinandergestoßen? Warum durfte Tom nicht ins Licht gehen?"

Die Starre war immer noch nicht aus meinem Körper gewichen.

„Ja? Warum denn?", war meine blöde Gegenfrage.

„Weil wir eine Aufgabe haben Fletcher. Das ist doch sonnenklar."

„Und gibt es einen bestimmten Grund, warum wir ausgerechnet nach Clapham fahren sollten, Alison?" Ich hoffte, die Antwort würde nicht meinen restlichen Tag versauen.

„Hier. Lies das", sagte sie und schob mir die Zeitung rüber. Ich stellte meine Tasse wackelig auf der Theke ab und überflog die Anzeigen.

„Hm, meinst du das: *Wie nehme ich 10 Kilo in 5 Tagen ab* oder den Artikel über den Minister, der versehentlich betrunken in einen anderen Mann gestolpert ist? Leider mit herabgelassenen Hosen?" Sie kniff verärgert die Augen zusammen. „Das machst du doch jetzt extra, oder?" Sie zischte leicht und pochte mit dem Finger auf eine Anzeige, die ich bisher übersehen hatte.

Ich las:

Clapham Wood: 8-jähriger Junge wird vermisst!

Im Wald von Clapham Wood geschehen seit vielen Jahren merkwürdige Dinge: Vier Personen sind bislang unter mysteriösen Umständen in diesem Wald ums Leben gekommen. Menschen, die in diesem Forst spazieren gehen, berichten über plötzliche Übelkeit. Haustiere verschwinden darin oder werden später mit tödlichen Verletzungen aufgefunden.

Jetzt hat der Wald sein nächstes Opfer gefordert: Der achtjährige Jim Baxter wird seit gestern Abend vermisst. Zuletzt wurde der Junge von einem ortsansässigen Bauern gesehen, als er mit einer unbekannten Frau in den Wald hineinging.

Mir wurde auf einmal speiübel. „Und du meinst, wir sollen dort hin?“ „Ja ganz genau Fletcher. Ich glaube, ich habe auch schon eine Idee, um was es dort geht. Bitte fahr nach Hause und pack ein paar Sachen. Wir treffen uns so schnell wie möglich. Ich werde uns ein schönes Hotel heraussuchen und dann werden wir die Sache in Angriff nehmen.“ Sie stand auf und stemmte beide Hände in die Hüften und sah für einen ganz kleinen Moment so aus, wie meine Lieblings Heldin Lara Croft.

Mir war eher zum Weinen zumute, denn ich hatte nicht damit gerechnet, so schnell von dem einen abstrusen Abenteuer in ein anderes geschickt zu werden.

„Jetzt guck` nicht wie so ein bedröppelter Mops! Mach hin.“

Alisons Stimme lies mich aus meinem Entsetzen aufwachen. Wie unter einem hypnotischen Befehl fanden meine Füße ganz alleine den Weg nach draußen und zu meinem Auto. Bis nach Hause hatte ich das Gefühl, mein Kopf wäre eine enorme hohle Blase, denn ich konnte einfach keinen Gedanken fassen, sondern nur noch handeln.

Tom begrüßte mich zu Hause. So wie es ausschaute, hatte wenigstens er einen schönen Tag gehabt. „Mann Alter, was ist denn mit dir los? Hat dich das Mädel abblitzen lassen oder was hat dir so die Milch verhagelt?“

Ich zuckte mit den Schultern. „Lass uns packen Tom. Ich glaube, du brauchst ja nur den Laptop, oder?“ Während ich ein paar Socken und Unterhosen in meine kleine Reisetasche warf, erzählte ich Tom, was sich in dieser kurzen Zeit bei Alison zu getragen hatte und zu welchem wunderbaren Plan sie abschließend gekommen war. Doch Toms Reaktion war mit meiner keinesfalls zu vergleichen.

„Mensch Klasse Fletcher, endlich komm ich mal von hier weg und wir erleben was richtig spannendes."

Er hüpfte wie ein junger Hund durch die Wohnung. Ich seufzte. Irgendwie ticken hier alle ein wenig anders, denn für meinen Geschmack, hatte ich schon genug Spannung für die nächsten fünfzig Jahre gehabt und ich wollte meinen Glücksbogen eigentlich nicht übermäßig strapazieren.

Innerhalb kürzester Zeit hatte ich alles Notwendige zusammengepackt und wir verließen das Haus. Im Auto sitzend, schaute ich zu Tom. „Meinst du, wir machen das Richtige?"

„Goldrichtig!", antwortete er strahlend.

Ich zündete den Motor und schaltete das Radio an. *Highway to Hell*, von ACDC schallte aus meinen Lautsprechern. Konnte nur ich diese kleine Warnung heraushören? Mir lief es eiskalt den Rücken runter. Aber Tom wippte im Takt und röhrte ungerührt den Text mit.

Ich schüttelte resignierend den Kopf und fuhr los.